「詠む」からはじめる

ときめく短歌入門

挿元おみそ
Omiso Sashimoto

扶桑社

はじめに

この本を手にとってくださったみなさんは、おそらく「短歌が好き」、もしくは「短歌がちょっと気になっている」という方が多いのではないでしょうか。

多くの人にとって、短歌と聞いてまず思い浮かぶのは『小倉《おぐら》百人一首』かもしれません。百人の歌人がそれぞれ一首ずつ詠《よ》んだから「百人一首」。とてもシンプルなネーミングですよね。

日本一有名な歌集だからこそ、その中に収められている歌も、有名なものが多いです。

ちはやぶる 神代《かみよ》もきかず 竜田川《たつたがわ》 からくれなゐに 水くくるとは

これは、漫画や映画でおなじみの『ちはやふる』のタイトルのもとになった一首。平安時代の歌人・在原業平《ありわらのなりひら》が詠んだ短歌で、一度は耳にしたことがある方も多いはずです。

当時は「和歌」と呼ばれていましたが、近代以降、「短歌」という名称に統一されました。本書では、その中でも、特に現代の話し言葉で詠まれる短歌にスポットを当てて、その魅力や作り方、楽しみ方をご紹介していきます。

さて、そんな短歌についてお話しする私は、一体何者なのか。少しだけ自己紹介をさせてください。

私・おみそは、短歌が大好きな21歳の大学生です。

YouTubeやInstagramなどで短歌の魅力や作り方を発信しています。

「イマドキ、なんで大学生が短歌にハマっているの?」とよく聞かれるので、まずは、私と短歌の出会いについてお話ししようと思います。

私が短歌を始めたのは、中学3年生の7月のこと。

ちょうどその頃、部活で揉《も》め事があったり、成績が伸び悩んだりと、ハプニングが続き、もう精神的にはボロボロ。なんなら、人間としての形を保っていられるかどうかすら怪しいレベルで落ち込んでいました。

そんな私を見かねた母が、ある日買ってきてくれたのが、文芸のコンテスト情報誌でした。

「なんでもいいからやってみたら?」という一言とともに手渡された雑誌を見て、「じゃあ俳句でもやってみるか」と軽い気持ちで応募してみたら、なんと初回で入賞してしまうという奇跡が起こったのです。

初回入賞という成功体験を得た私は、完全に調子に乗って、俳句だけでなく詩・川柳《せんりゅう》・短歌などのコンテストにも片っ端から応募するようになりました。

ここで気づいたのは、私は「詩を書く」という行為そのものが好きなんだな、ということ。そして、様々な詩の中でも一番しっくりきたのが短歌でした。


なぜそんなにも短歌が好きになったのか？

理由は単純、「一番楽しかったから」です。短歌は「詠む」と言いますが、まさに「詠む」という行為が一番しっくりくる。言葉を組み立てる楽しさ、31音の枠内に自分の思いをいかに詰《つ》め込むかを考えるのが、とても面白かったのです。

ここで、「え？　中3って受験の時期でしょ？　なんでそんな余裕あるの？」と思われる方もいらっしゃるかもしれませんが、私が通っていたのは中高一貫校だったので受験勉強とは無縁。しかも、部活での揉め事のせいで帰宅部になっていたので、時間はさらに余っていました。

「せっかくなら時間を有意義に使おう」「短歌？　え、なにこれ、めちゃくちゃ楽しい！」と、ノリと勢いで短歌にどっぷりハマっていったわけです。

短歌を詠み始めた頃は、まさかこんなにも長い付き合いになるとは思っていませんでした。「短歌なんて大嫌い！」「もう辞めてやる！」と思ったことは一度ではありませんが、それでも今こうして短歌と生きているのは、短歌に触れると、やはりどうしようもなく心が跳ねて、何度でも救われてしまうからだと思います。


そんな短歌の奥深さやすばらしさを、より多くの人に知ってほしい。そこで本書には、「興味はあるけど、どうやって作ったらいいかわからない」という初心者の方に向けて、自分の想いを上手にまとめて、短歌を作れるようになるアドバイスを盛り込んでいます。

テクニックやポイントをきちんと押さえておけば、誰にでも短歌は作れます。日々の些細《ささい》な出来事だって、捉《とら》え方次第で人の心を動かす短歌になるのです。

たとえば、「今日僕は先輩と牛丼を食べそのあと卵焼きも食べました」という何気《なにげ》ない感想を、私が短歌としてアレンジするなら……。

その晩は先輩と牛丼を食べ生まれなかった恋を祝した

どうでしょうか。一気にドラマが生まれたような気がしませんか？

「生まれなかった恋」ってどういうこと？

この先輩は、恋愛の相談相手？　それとも……？

一見、ありきたりに見えた日常の出来事が、奥行のある「歌」へと一変したように感じるのではないでしょうか。

この歌については、また本編でも解説していきますが、この本を読んだ後はきっと何気ない自身の想いを「歌」へと昇華《しょうか》していく経験ができるはずです。

最後に、正直に言っておきますが、私はまだプロの歌人ではありません。歌集を何冊も出したり、テレビに出たりするようなすごい人間ではなく、ただ純粋に短歌が好きなだけの短歌ヲタクです（もちろん最終的にはそういう人になるのが目標です！）。そして、あまりに短歌が好きすぎて、こうして本まで作ってしまったのです。

プロではないからこそ、「短歌ってよくわからない」「俳句と何が違うの？」と疑問を抱く初心者の皆さんの気持ちは、とてもよくわかるつもりです。

そして、そんな皆さんにこそ、短歌の楽しさを伝えたい。

それが、私がこうして短歌について語る最大の理由です。

というわけで、短歌の世界にようこそ！　これから、私と一緒に楽しい短歌ライフを送りましょう！

２０２５年　春

挿元おみそ

目次

Lesson 1

短歌の8個の基本ポイントを知ろう！

Lesson 2

実際に短歌を作ってみよう!

Lesson 3

自分の短歌を人に見てもらおう

Lesson 4

現代短歌を知ろう！　おすすめ歌人とおすすめ本

Lesson 1

短歌の８個の基本ポイントを知ろう！

短歌は「三十一文字（みそひともじ）」の自由な詩

本書の主題である「短歌」とは、そもそもどんなものなのでしょうか。

まず、短歌とは、「五・七・五・七・七」のリズムで作る日本の伝統的な詩のことです。「五・七・五」の上《かみ》の句と、「七・七」という下《しも》の句から成立しています。

また、短歌を作ることを「歌を詠《よ》む」と言い、数えるときは「一首、二首」と言います。歌だからといって、「一曲、二曲」ではないので注意してくださいね。

さて、短歌の「五・七・五・七・七」は、「三十一文字（みそひともじ）」とも言いますが、これは31文字ではなく、31音のこと。私の名前「おみそ」も、短歌の31音に由来するものです。

短歌は、音の数え方も少し独特で、小さい「ゃ・ゅ・ょ」は1音に数えませんが、小さい「っ」や「ー（のばし棒）」「ん」はひとつの音に数え、「ゃ・ゅ・ょ」は「しゃ・しゅ・しょ」などのように、子音と合わせてひとつの音になります。

【例】
「ピーナッツ」↓5音（ピ・ー・ナ・ッ・ツ）
「写真」↓3音（シャ・シ・ン）

ちょっとしたコツさえ摑《つか》めば、短歌のリズムはすぐに身につきます。

基本的には、この「31音（五・七・五・七・七）」であることさえ守っていれば、どんな作品も現代短歌になりえます。すごく自由だと思いませんか？

言葉ひとつで、喜びも、悲しみも、驚きも、ぜんぶ31音に込められるのです。

繰り返しになりますが、現代短歌はとにかく自由。

さらに言えば、現代短歌の中には、31音を守らない作品すらたくさんあります。それは、現代短歌は常に新しい表現を追い求めているからです。

現代短歌以前の近代短歌は、詠む内容や詠み方への追求が主とされていた一方、現代短歌は「ありのままの自分」を表現することに重きを置き、共感を得たり、自分自身を発信したりする手段としての役割が、ますます強くなっています。

ＳＮＳの普及によって、誰もが簡単に自分の思いを短歌という形で発信できるようになり、それが短歌の多様化を促進しています。

近代短歌も現代短歌も、どちらもすばらしい文学ですが、特に私が現代短歌を好む理由は、その自由さと多様性にあります。その自由さゆえ、毎日のようにユニークで面白い短歌がたくさん生まれているからです。

たとえば、歌人の加藤治郎《かとうじろう》さんの短歌を見てみましょう。

言葉ではない！！！！！！！！！！！！！！！！！！！！！ラン！

『マイ・ロマンサー』（雁書館《がんしょかん》）

この21個のビックリマークは、何とも大胆です。伝統的な形式を重んじていた近代短歌の時代では、考えもしなかったような詠み方でしょう。こうした大胆な表現も、現代短歌ならではの魅力です。

また、現代短歌は自分の内面を率直に表現する場として機能しており、共感を得ることで繋《つな》がりを感じられる点も特長です。

これまでにも、多くの人が現代短歌の系譜を作ろうとして試みてきましたが、結局は千差万別です。その結果、特定の派閥《はばつ》やスタイルが確立されることなく、多様な歌風が共存しています。一人の歌人が歌集を発表するたびに新たなスタイルが登場し、従来の枠組みにとらわれない自由な表現が広がっているのです。このような状況は、現代短歌の豊かな可能性を示しているとも言えますし、これからもさらに多様な表現が生まれていくことを私は楽しみにしています。

短歌と俳句ってどう違うの？

短歌の話をすると、よく混同されるのが俳句の存在です。どちらも日本の伝統的なかたちではありますが、似ているようでまったく違います。

俳句と短歌のいちばん大きな違い、それは「音数」です。

まず、俳句は「五・七・五（17音）」から成り立っていますが、短歌は「五・七・五・七・七（31音）」で成り立っています。

ひとつの特徴は、短歌のほうが俳句よりも長いという点です。「五・七・五」で終わるのが俳句、「五・七・五」のあとに「七・七」をくっつけたのが短歌、と覚えるとわかりやすいと思います。

また、俳句には「季語《きご》」という決まりがあります。「桜」や「雪」「金魚」「西瓜《すいか》」など、季節を表す言葉を基本的には必ず入れなければなりません（無季俳句と呼ばれる季節が入らない俳句もあるのですが、それはまた別の話）。

でも、短歌には季語というルールはありません。どの季節の歌かわからなくてもよいという自由さもあります。ただ、俳句において心情を肩代わりしていた季語がないぶん、自分の気持ちを自分の言葉で表すことが求められます。

どちらも「余白」を楽しむ文学ではありますが、もし「短い言葉でシンプルに表現するのが好き」なら俳句向き。「もうちょっと気持ちやストーリーを入れたい」という人なら短歌のほうが向いているのかもしれません。

楽しく短歌を詠むためには、８つのポイントをおさえよう

短歌はとにかく自由な創作活動です。

時々、「短歌を始めたいけど、語彙《ごい》が足りないからうまく詠めないんじゃないか」と思っている人がいるのですが、それは、まったくの誤解です。

短歌に語彙力はいりません。難しい言葉を知っていることが「いい短歌」を作る条件ではないからです。むしろ、シンプルな言葉のほうが、人の心に響きやすかったりします。

初心者の方に一番伝えたいのは、「難しいことは一旦置いて、まずは詠んでみる」ということ。

短歌は、最初はみんな「とりあえず詠んでみる」ところから始まります。

最初から「これは最高の短歌だ！」と思えるものを詠める人なんていません。むしろ、「なんか違うな？」という違和感を繰り返しながら、ちょっとずつコツを摑んでいくものです。

だから、「詠む前から悩む」よりも「詠みながら考える」ほうが、確実にうまくなります。

さて、冒頭でもお伝えしたように、31音を守っている作品であれば、原則的には短歌になります。でも、あまりにも自由過ぎると、「良い短歌」としては成立しづらいです。

そこで、私が常日ごろ大事にしている8つの基本ポイントをご紹介します。

■初心者が守るべき8つのポイント

ポイント① 音数を守る！

ポイント② 話し言葉で詠む！

ポイント③ 感動よりも面白かったことを詠む

ポイント④　具体的な固有名詞を意識する
ポイント⑤　句読点を多用しない
ポイント⑥　嘘をついてもいいから、陳腐《ちんぷ》な表現にしない
ポイント⑦　短歌は「情景と心情」のバランスが命！
ポイント⑧　余白を大事にする

これだけ知っていれば、短歌は楽しく詠めます。
言葉をどう選ぶか、どんな表現をするかはあとから考えれば問題ありません。
「短歌、やってみようかな？」と思ったいまこの瞬間から、あなたはもう歌人です！
では、それぞれのポイントを具体的に見ていきましょう。

初心者が守るべきポイント① 音数を守る！

短歌を作るうえで最も基本となるのは「五七五七七のリズムを守ること」です。短歌は「三十一文字（みそひともじ）」というくらいなので、原則として31音に収めるのが基本です。この音数は、短歌が千年以上も受け継がれてきた大きな理由であり、日本人にとって「心地よいリズム」だからです。

でも、「31音きっちりじゃなくてもいいんじゃない？」という考えの方もおり、「字余り」「字足らず」といって、少し音を増やしたり減らしたりして詠むことも許されています。

とはいえ、仮にルールを外すならば、そこに「リズムから外れるだけの理由」が必要です。正当な理由がないのに、音数を守らないのは、ただの違和感になってしまいます。

たとえば、Ｊ-ＰＯＰでも定番のコード進行がありますが、あれと同じで、短歌の五七五七七というリズムに慣れていると、そこから外れたときに「おお！こう来たか！」となることもあれば、「ん？　なんか引っかかるな」と違和感を生むこともある。その違和感が狙《ねら》いなのか、それとも単にリズムを崩してしまっているだけなのか。どちらなのかが重要なのです。

だからこそ、「初心者はまず31音を守ったほうがいい」というのが私の考えです。

また、短歌を作るときに初心者の方が陥《おちい》りがちなのが、「五七五七五」で終わってしまうパターン。五七五のリズムは俳句の影響もあるし、日本語的にすっきりまとまるので、気づかないうちに五七五で止まってしまいます。

でも、短歌は「五七五七七」が正式な形。なので、途中で止めずに、ちゃんと「結句《けっく》」まで詠み切ることを意識しましょう。

もうひとつ多いのが、「短歌を書くときに句と句の間を一文字ずつ空《あ》ける」パターン。百人一首の影響なのか、初心者の人が「五 七 五 七 七」と一文字ずつ空けてしまうことがあるのですが、これはプロの世界ではやらないのが普通です(「分かち書き」といいます)。

もちろん、「一字空け」という技法はあります。でも、これは「意味を持って」使うものなので、基本的には全部ひと続きで書くのがいいでしょう。

さて、ここまで「短歌のリズムを守りましょう」と言ってきましたが、実はプロの世界では「五七五七七を守らない短歌」もたくさんあります。

たとえば歌人の林あまりさんは、定型に無理にはめ込もうとせず、情景に応じた独自のリズムを構築することで有名です。ときに「七八七七」のような音数で詠む林さんの作風は、しかし、単なるルール破りではなく、「短歌という伝統の上に成り立つ独自のスタイル」です。

つまり、短歌の世界では「唯一のルールである五七五七七すら、破ることが許される」のです。でも、これを許されるのは「リズムの枠を理解した上で崩している」から。初心者が最初からルールを無視してしまうと、単にバラバラな言葉の羅列になってしまいがちなので、まずはしっかり「五七五七七」のリズムに慣れることが大切なのです。

初心者が守るべきポイント②　話し言葉で詠む！

短歌に対して、「雅《みやび》なもの」「伝統的なもの」というイメージを抱く方も多いです。だからこそ、短歌を作ろうとすると、つい「なりけり」や「初雪や」など、普段は絶対に使わないような古語を入れたくなってしまうのです。でも、これはとっても危険な落とし穴です！

短歌は「詩」ですが、あくまで「読んでもらうもの」。もしあなたが日常会話で使わないような古語を短歌に入れると、「すごいこと言った」という気分にはなれるかもしれませんが、読み手には「伝わりにくい」短歌です。

たとえば、英語で「I need to go to the restroom, but I don't know where it is so it's very confusing.」と言ったら、なんだかよい感じに聞こえませんか？（英語が得意なひとはよい感じに聞こえるということにしておきましょう）。

でも、これを日本語に訳すと「トイレ行きたいのに場所知らない、まじ無理どうしよう」です。つまり、外国語を使うと「内容は普通でも、それっぽく見えてしまう」というマジックが発動してしまいます。

短歌に古語を入れると、これと同じ現象が起こります。普段使ってない言葉を使うことで、ただ「雰囲気だけそれっぽい」短歌ができあがってしまうということ。でも、短歌とはそのような表面的なものではなく、もっと心の動きをダイレクトに表現するもの。だからこそ、話し言葉で詠むことが大事なのです。

短歌で避けてほしいのは「古語」だけではありません。実は「文語（である調）」もできるだけ避けたほうがいいです。少なくとも初心者の間は。

「文語ってなに？」って思った方もいるかもしれませんが、簡単に言うと「普段の会話では使わない文章の書き方」のことです。

たとえば、

「私は君を思っているのである」

「この世界は美しいのである」

……といった「である調」は、普通の会話ではなかなか言わないものです。それをいきなり短歌に使うと、急に文体が硬くなってしまうのです。

もちろん、文学的な表現として「文語」を使うこと自体は問題ありません。でも、最初のうちは「友達に話すときのテンション」で作ったほうが、読んでもらう相手に伝わりやすい短歌になります。普段のおしゃべりと同じ「口語」で読みましょう。

「友達に話すときのテンション」で作ることにはもうひとつメリットがあります。他者の視線を意識できるようになる点です。日記に書くように、「自分にしかわからない言葉」で作ってしまうと、独りよがりな短歌になりがち。多くの人に楽しんではもらえません。

たとえば、「ハチミツの気持ち」という表現を、短歌に入れ込んでみましょう。


遊園地デートを思い出せばもう途端にハチミツの気持ちだった

作った本人は「好きな人を想ってとろけるような心地」をハチミツっぽいと感じて表現しているつもり。でも、読んだ人は「ハチミツの気持ちって、なんのこと？」と疑問を抱くわけです。情報が足りなさすぎて、伝わらないのです。

もしこれが普通の会話なら、「いま、〝ハチミツの気持ち〟なんだ」なんて言いませんよね。「あの人のことを考えるだけで、まるでハチミツみたいな気分になるんだよね！」と、ちゃんと伝わるように補足するはず。

その点を考慮して、次のような歌に変えてみましょう。

ハチミツの気持ちと呼ぼう君の声描《えが》けばそのたびに甘い舌

どうでしょうか？　グッと伝わる内容になったはず。
読者がいることを忘れず、自分なりの表現ならばなおさら解像度を高めるように意識したいところ。だからこそ、短歌を詠むときも「話し言葉で作る」ことが大事です。日記みたいに自分だけの世界に閉じこもるのではなく、「伝わる」ことを意識する。そうすることで、より共感を生む短歌が生まれるようになります。

初心者が守るべきポイント③　「感動」よりも「面白かったこと」を詠む

短歌を詠むとき、多くの人が最初にやりがちなのが「感動したこと」をそのまま歌にしてしまうことです。気持ちが大きく揺さぶられた瞬間を形にしたくなるのはわかります。でも、強すぎる感動には、言葉が追いつかなくなります。

大切な人を失った悲しみや、人生で一番の感動的な景色に出会った瞬間。確かに、それはものすごく大きな出来事です。でも、それを短歌にしようとすると、意外と「ありきたり」な言葉になってしまうことが多い。「感動の強さ＝良い短歌の強さ」にはならないのです。

感動は、言葉を置いてけぼりにすることがある。これは短歌を作る上での大きな罠《わな》です。

では、言葉が追いつかないと、どうなってしまうのでしょうか？

たとえば、「失恋の短歌」を詠もうとする人はものすごく多いです。初めて短歌を詠む人の約7割は「好きな人に振られた」「別れがつらい」「片思いが実らなかった」というテーマを選びます。

でも、ここで問題が出てきます。それは「どこかで聞いたことがある表現になりやすい」こと。

世の中にはすでに膨大な失恋の短歌があります。先駆者があまりにも多いので、結果として、「涙が止まらない」「君の笑顔が忘れられない」「あの時の言葉が胸に刺さる」といった、ありがちな表現になってしまうもの。

これでは、読んだ人の心を動かすのは難しいです。

感動をそのまま言葉にしようとすると、自分では「最高！」と思っていても、読み手には「よくある話」として伝わってしまう。

では、何を詠めばいいのでしょうか？

おすすめしたいのが、「面白かったこと」「日常で気づいたこと」を短歌にすることです。たとえば、歌人の岡野大嗣《おかのだいじ》さんの短歌にこんな作品があります。

ハムレタスサンドは床に落ちパンとハムとレタスとパンに分かれた

『サイレンと犀《さい》』（書肆侃侃房《しょしかんかんぼう》）

誰もが知っているハムレタスサンド。でも、落ちた瞬間、きれいにパンとハムとレタスとパンに分かれたことをわざわざ短歌にする。この発想の勝利です。

感動は「その人だけの特別な経験」ですが、狙いどころは「誰もが経験しているけど、言語化されていないこと」。そのほうが読み手の心にスッと入ってくるのです。

さらに、こうした「日常の発見」をうたった短歌は、玄人《くろうと》よりも初心者のほうが得意です。なぜなら、初心者はまだ「短歌の型」にとらわれていないから。

たとえば、ある短歌コンテストで大賞を受賞した小学校一年生の男の子の短歌がこちら。

うちのねこザクといいますこねこですたてにのびたらほそくなります
（宇都宮雄飛氏作・第12回若山牧水青春短歌大賞）

情景がありありと浮かぶし、「縦に伸びたら細くなる」というところに素直な観察眼が詰まっている。猫を飼っている人なら「わかる！」と思えるし、飼っていなくても「何この表現！」と心が動く。

こういう表現こそ、短歌の面白さの本質です。

面白い短歌を詠むコツは、「気づき」に焦点を当てること。岡野大嗣さんのハムレタスサンドみたいに、「え、それを言葉にしちゃうの！」という発想が大事です。

日常に潜《ひそ》む小さな発見は、まだ常識に囚《とら》われていない初心者だからこそ、言葉の力だけで「これはいい短歌だな」と思わせることができます。逆に、玄人になるほど「技巧的に詠まなきゃ」という呪《のろ》いにかかるので、こういうシンプルな良さが出しづらくなります。

ですから、初心者の貴重な期間をフル活用して、こなれた表現に頼るのではなく、自分が見つけた「なにこれおもしろい！」という発見を詠んでいただけたらと思います。

初心者が守るべきポイント④　具体的な固有名詞を意識する

初心者の方に毎回お伝えするポイントは、「固有名詞や具体的な言葉を入れる」ことです。

短歌は、わずか31音で構成されています。この短い中で「どれだけリアルな情景を伝えられるか」が勝負になるので、ぼんやりした言葉を並べるよりも、具体的なモノや数字を入れたほうが、断然、心に刺さる短歌になります。

たとえば、こんな短歌があったとします。

パソコンで仕事をしてる恋人にかまってほしくて重ねてみる手

歌に込められた気持ちはよくわかります。でも、これだと「誰でも言えそうな話」に聞こえてしまいかねません。では、どう直せば「わたしだけの短歌」になるのでしょうか。次の短歌を見てみましょう。

パソコンに忙《せわ》しく向かうきみの手にそっと移してみる36度5分《ろくどごぶ》

ほら、ちょっと映像が鮮明になりませんか？　「36度5分」という体温の具体的な数値が入ったことで、なんとなく「恋人に触れられる距離で、自分の体温を伝えている情景」が浮かぶようになったと思います。ここに、もう少しかまってほしい感じを足すとしたら……。

パソコンはそろそろやめて　君の手にそっと移していく36度5分

満点ではないですが、ぐっと良くなりました。

短歌はキャッチコピーとは違って「みんなに当てはまる言葉を使う」ものではありません。むしろ、「あなたしか詠めない言葉」を入れたほうがいいのです。

たとえば、「サラダ記念日」などで知られる歌人の俵万智《たわらまち》さんの歌に、こんな作品があります。

たっぷりと君に抱かれているようなグリンのセーター着て冬になる
『サラダ記念日』（河出文庫）

この短歌、すごくシンプルですよね。でも、「グリンのセーター」という具体的なアイテムがあるだけで、「あ、これは〝ある冬のはじまり〟の歌なんだ」とピンとくる。

もし、これが「セーターを着て冬になる」だったら、ここまでの鮮やかさは出ないはずです。この「グリンのセーター」みたいに、ひとつだけでも「その人にしか見えない光景」を入れることが、短歌を強く印象付けるポイントなのです。

他にも、「準急電車の切符」「ヘアアイロン」「朝9時の目覚まし」といった小さな具体的なものをひとつ加えるだけで、リアリティは格段に上がります。

なお、短歌を作るとき、いきなり31音にまとめようとすると、どうしても言葉が削《そ》ぎ落とされてしまいます。だから、とりあえず気になったことは、すべてメモをしておくことが大事です。

- コンビニでアイスを買ったのに、家に着いたら食べる気がなくなっていた
- 新幹線で座ったら隣の人が詩集を読んでいた
- 夜中のコンビニの駐車場、居心地がよくてしばらく座り込んでいた

こんな些細なことでもメモとして残しておけば、後から短歌にする時に「具体

的な言葉」を使いやすくなります。

余談ですが、短歌を作る人は、ぜひスマホでメモを取る習慣をつけてほしいです。

もちろん、人それぞれ一番やりやすい方法でとるのが一番なのですが、短歌は「思いついた瞬間に書かないと、すぐに忘れる」ものです。スマホでメモをとれば、即座に思いつかない表現を検索したり、言い換えたいときに類語辞典をすぐ使えたりもします。

不完全でも、五・七・五・七・七になっていなくてもいい。どんな形でもいいので、ふと頭に浮かんだ言葉や場面は全部メモしておきましょう。私も思いついたらスマホのメモに書き出して、その後Googleドキュメントにまとめています。

初心者が守るべきポイント⑤　句読点を多用しない

短歌は「文章」ではなく「詩」なので、句読点を入れるのが基本的には推奨されていません。だから読点の「、」や句点の「。」を入れると、逆に違和感が生まれることがあります。

「、」や「。」を入れると何が起こるのかというと、「詩」ではなく「説明文」っぽくなってしまうのです。

たとえば、こんな短歌があったとします。

夕暮れに、光る水面《みなも》を見つめつつ、あなたを思う、わたしひとりで。

……文章としては読みやすいかもしれません。でも、短歌としてはどうでしょう？　句読点があることで、詠んだときの流れが止まってしまって、情感がスムーズに伝わりません。

これを句読点なしで書くと、

夕暮れに光る水面を見つめつつあなたを思うわたしひとりで

どうでしょう？　句読点がなくなるだけで、言葉がスッと流れていきませんか？

短歌は「言葉のリズム」が大事なので、「、」や「。」を入れてその流れを不自然に途切れさせるのは避けましょう。

また、句読点を入れると、急に「意味ありげ」なものに見えてしまうこともあります。

たとえば、「春風に、揺れる花びら、手のひらに。」という上の句を作ったとしましょう。句読点があることで、なんとなく深いことを言っているような気がする。でも、実際のところ何を伝えたいのかがぼんやりしてしまいます。

「春風に揺れる花びら手のひらに」と、句読点を取るだけで、余計な「意味ありげ感」が消えて、シンプルで伝わりやすい短歌になります。

とはいえ、「短歌には句読点を入れちゃいけない」というルールはありません。句読点をあえて使うことで、特定の効果を狙うこともできます。

でも、初心者のうちは、基本に忠実であることが大切です。できるだけ句読点は使わないほうが、短歌の流れを摑みやすくなりますよ！

初心者が守るべきポイント⑥　嘘《うそ》をついてもいいから、陳腐《ちんぷ》な表現にしない

短歌を作るとき、「詠《うた》う内容は、本当のことじゃないとダメですか？」という質問をいただくことがあります。

答えは「嘘《うそ》をついてもいい！」です。むしろ、短歌の都合に合わせて事実を変えることは、大事なテクニックのひとつです。

そもそも短歌は、「事実を正確に伝えるもの」ではありません。「その瞬間に自分が感じたこと」を、もっとも伝わる形に加工して詠むものです。

だから、情景をがらりと変えても問題ないです！

たとえば、あなたが思い出の地に行って泣いたとします。でも、その場所が「駅の駐輪場」だったら、ちょっと情緒がない。そこで、「夕焼けの海岸」に変えてしまうのも問題ありません（ここでは説明としてわかりやすく「夕焼けの海

岸」を出しましたが、むしろ「駐輪場の方が短歌として面白いのでは？」という発想もあります）。

とにかく、「自分が感じたことを最も伝えやすいシチュエーションに置き換える」ことが大事なのです。

俵万智さんの「サラダ記念日」は、短歌をあまり知らない人でも一度は聞いたことがある現代口語短歌の金字塔です。

「この味がいいね」と君が言ったから七月六日はサラダ記念日

『サラダ記念日』（河出文庫）

いつもとは少し違う味付けの料理を「君」という特別な存在が褒《ほ》めてくれたことで、何気《なにげ》ない一日が記念日になった……。そんな幸福感に満ちた一首です。

作者である俵万智さんは、現在も第一線で活躍し、テレビなどのメディアにも頻繁《ひんぱん》に登場する人気歌人ですが、「現代口語短歌」の先駆者とも言われています。つまり、この歌は現代短歌の中でも初期の作品にあたるということ。それだけに注目度も高く、俵さん自身がメディアで語る機会も多いため、この短歌にまつわる制作秘話やエピソードがいくつも知られています。

そんななかで有名な逸話《いつわ》が、この歌を作る上で発想を得た料理は「サラダ」ではなく「唐揚げ」だったということ。しかも、日付も七月六日ではなかったそうです。

じゃあ、この短歌は嘘なのか？　というと、違います。

「本当に起こった出来事」じゃなくても、「本当に感じた気持ち」を表現できていれば、それは真実になるのです。

短歌において大事なのは、「何が起こったか」ではなく、「それをどう感じたか」。だから、短歌の都合に合わせてシチュエーションを変えるのは、むしろ当然のことなのです。

短歌では「事実に縛《しば》られない」ことが大事ですが、だからといって「どこかで聞いたことのあるような表現」を使ってしまうと、一気にダサくなります。

たとえば、「満開の桜並木で抱きしめる」といった上の句を見たら。

……どうでしょうか、もうこの表現は100回くらい見たことがありますよね？　こうした「それっぽい言葉」を並べるのは簡単です。でも、それは「あなたの短歌」ではなくなってしまいます。

嘘をつくなら、「あなたにしか詠めない嘘」をついてください。


なお、シチュエーションはいくら変えてもOKですが、「自分の気持ち」に嘘をつくのは避けてください。

たとえば、ほんのちょっとの片思いだったのに、「世界で一番大切な人でした」なんて盛ってしまうと、それは空っぽな言葉になってしまいます。

逆に、ほんの些細な出来事でも、「自分が感じたことを正直に表現した短歌」は、人の心を打ちます。だから、短歌の都合で情景を変えるのはアリでも「自分の気持ちを偽る」のはナシです。「それっぽいフレーズ」に頼ってしまうのは絶対ＮＧ。これが、いい短歌を詠むための最低限のルールです。

初心者が守るべきポイント⑦　短歌は「情景と心情」のバランスが命！

短歌は、情景と心情の二つの要素によって成り立っています。

どんなに素敵な気持ちでも、それだけではただの日記。どんなに美しい風景でも、それだけではただの報告。短歌にするなら、この「情景」と「心情」のバランスが必要なのです。

とはいえ、初心者向けとよく言われる「五七五を情景」「七七を心情」というバランスがいつも正解という単純な話ではありません。短歌は、もっと奥が深いのです。

たとえば、以下の短歌はどうでしょうか。

おふたり様ですかとピースで告げられてピースで返す、世界が好きだ

toron*『イマジナシオン』(書肆侃侃房)

「世界が好きだ」という告白はかなり大胆で清々《すがすが》しく、非常に勢いのある表現です。ここが「心情」にあたる部分ですが、これにわざわざ7音足す必要がないくらい絶対的な表現ですし、なにか足せば蛇足《だそく》な印象になりかねません。

ということで、この歌では、情景の部分に五七五七の24音を費やしています。おそらく順序でいえば情景を先に詠んで、バランスを整えるために、7音でもパンチのある「世界」という単語や「好きだ」という言い切りを選んだのでしょう。

音数への感覚が研《と》ぎ澄まされています。

初心者が守るべきポイント⑧　余白を大事にする

先ほどの「情緒と心情のバランス」にも通じる部分があるのですが、短歌を詠むときに絶対に意識してほしいこと、それは「余白を持たせること」です。

短歌は31音しかないわけですから、伝えたいことを言葉で全部を説明することはそもそも不可能です。でも、それでいいのです。

短歌の魅力は「すべてを語らないこと」にあります。

言葉のすき間に、読者の想像が入る余地があるからこそ、短歌は読む人によって違う物語になる。これが俳句や詩とは違う、短歌ならではの「余白の力」なのです。

短歌に余白を持たせるには、いくつかのポイントがあります。

まず、ひとつのポイントは、31音にすべてを詰め込まないこと。そして、読者にヒントを出すことです。
たとえば、冒頭でもご紹介したこの一文を思い出してください。

今日僕は先輩と牛丼を食べそのあと卵焼きも食べました

読んだ瞬間、「……え、だから?」と思いますよね。これは「報告」であって「短歌」ではありません。一方で、こう詠み直すとどうでしょう?

その晩は先輩と牛丼を食べ生まれなかった恋を祝した

生まれなかった恋ってどんな恋？
なんで先輩と一緒にいたの？
……などなど、いろいろと想像の余地が生まれ、短歌としてぐっと良くなったと思います。

また、仮に牛丼を食べた場所を、「先輩の部屋」に設定したとしましょう。それが、ただの先輩の部屋ではなく「家賃未納の先輩の部屋で食べる」だった場合はどうでしょうか。

この「家賃未納」という情報はとても強いインパクトを持っています。「家賃未納」と言う単語があるだけで、「この先輩はどんな人なんだろう？」「この二人、どういう関係？」「どうして二人で部屋に行ったの？」と、読者の想像が広がるわけです。

逆に「お金がなくて困っている先輩の部屋で食べた」なんて書くと、説明が過《か》剰《じょう》でつまらなくなってしまいます。「家賃未納」というちょっとしたヒントだけにとどめたほうが、読者に「余白」が生まれます。

説明しすぎず、でもヒントはきちんとある。これが「短歌における余白」です。

短歌は読者と一緒に完成するものです。読者が「自分の記憶」と重ねることで、初めて意味を持つ。だからこそ、余白がある短歌は人の心に刺さるのです。

説明し過ぎず、語りすぎないことで、むしろ読者の記憶に残る短歌になります。

みなさんも、ぜひ「余白を持たせた短歌」を詠んでみてくださいね！

コラム1　短歌づくりで慣れてきたら気にしたい、二つのポイント

さて、Lesson1では初心者が短歌を詠むときに、注意したいポイントについてお伝えしました。少し短歌を作ることに慣れてきたら、次の二つのポイントも意識してみてください。ぐっと短歌が洗練されたものになるはずです。

①安易な組み合わせに頼らない

短歌を詠むとき、つい安易な組み合わせに頼ってしまうことがあります。「夏とラムネ」「秋と金木犀《きんもくせい》」「バレンタインとチョコレート」「春と桜」……どれも悪くないし、むしろ美しい。でも、それって本当に「自分の歌」になっていますか?

定番すぎる組み合わせをそのまま使うと、どうしても短歌に既視感《きしかん》が生まれて

しまいます。誰もが想像するありきたりな情景に埋もれてしまうのです。短歌は31音しかないからこそ、「この言葉を使った瞬間に、もうオチが見えてしまう」表現は避けたほうがいいのです。

たとえば「恋×食べ物」のテーマで考えてみましょう。

ショートケーキやチョコレート、マカロンは恋を連想させやすいスイーツです。でも、その単語をそのまま使って詠むと、どうしてもテンプレート（定型文・ひな形）感が出てしまうもの。

では、ここで「エクレア」や「レモンパイ」などのキーワードを持ってきたらどうでしょう？　ほんの少しずらすだけで、短歌の世界がぐっと新鮮になります。組み合わせの選び方で短歌の印象は大きく変わります。たとえば、「夏の恋」を詠みたいなら、ラムネよりも「溶けかけのガリガリ君」、浴衣よりも「日焼けした襟足《えりあし》」くらいのズラしがあると、ぐっとリアリティが増してきます。

また、「君を想って涙がこぼれる」「ずっと君のそばにいたい」など、J-

ＰＯＰの歌詞のようなフレーズは短歌では避けたほうが無難です。歌詞としては素敵でも、短歌の世界では抽象的すぎたり、既視感が強すぎたりするため、個性が出にくいのです。

たとえば、「君を想って涙がこぼれる」を、具体的なシーンに落とし込んでみましょう。「ティースプーンを落とす　あなたのいない朝」など、感情を直接言わずに情景で表現することで、読者に想像の余地を与えることができます。

ありきたりな言葉を使うのではなく、「自分にしか表現できない風景」を探してみましょう。

②区切れや字足らず・字余りを意識しよう

短歌を詠むのに慣れてきたら、意識したいのが「区切れのバランス」です。特にやりがちなのは、一首の中で切れ目を多く設定しすぎることです。たとえば、次のような一首はどうでしょうか。

それじゃあさ　散歩に行こう　道すがら
蕎麦《そば》屋があるよ　食べて帰ろう

区切れが多すぎて、情報が細切れになり、読んでいるうちに何を伝えたいのかわからなくなってしまいます。

短歌の魅力は、わずか31音の中でぎゅっと情景や気持ちを凝縮《ぎょうしゅく》すること。だからこそ、四文構成のようなバラバラな文章にならないよう、できれば二文以内に抑えるのが理想です。

区切れと同様に、リズムを崩す危険性がある「字余り」と「字足らず」にも要注意。

字余りは、適切な場面で使えば効果的ですが、「なぜ字余りにしたのか」の理由が必要です。字余りは効果的に使えば勢いを生んだり、溢《あふ》れんばかりの激情を演出したりすることができますが、やたらと増やせばいいというものではないのです。

字足らずは、「音が足りないことでリズムが崩れる」ため、より注意が必要です。31音の中で意図的に空白を作るのは高度な技術で、字余りと違って「無理をすれば定型と思い込める」というものでもないので、読者が勝手に補正して読んではくれません。

たとえば俵万智さんの歌に次のようなものがあります。

砂浜のランチついに手つかずの卵サンドが気になっている

『サラダ記念日』（河出文庫）

この作品は「ランチついに」が6文字で字足らずですが、計算された「字足らず」ならではの余韻が生まれています。この場合は、リズム感における不協和音が、そのまま登場人物たちの関係性における不協和音として味わいに置き換わるのです。

「そこにあるはずの音が欠落している」のですから、読むうえで引っ掛かりが生まれるのは不可避で、明確なこだわりや意図がないと単なるミスにしか見えませんし、それらがきちんと読み手に伝わることが求められます。

短歌の魅力は、短いからこそ「伝わりすぎないこと」にあります。余白があるからこそ、読者が自由に想像できる。だからこそ、テンプレート的な表現や、散《さん》漫《まん》な構成はもったいない。自分だけの風景を、少しずつ言葉をずらしながら探してみてください。

Lesson

2

実際に短歌を作ってみよう！

STEP1：短歌の第一歩！　まずは31音に合わせよう

短歌を詠んでみよう！　と思ったとき、最初にぶつかる壁は「音数を揃《そろ》えること」です。短歌は自由な表現ができる文学ではあるのですが、「自由」と「何でもあり」は違います。

特に最初のうちは、ちゃんと基本ポイントに乗っかったほうがスムーズに進めるので、まずは「五七五七七のリズムにしっかり収める」ところから始めてみましょう。

しかし、詠んでいて、「あとちょっとで五七五七七なのに、音が多すぎる！」という経験をされる方も多いはず。そんなときにぜひ実践してほしいチェックポイントを、いくつかまとめてみました。

❶同じ意味の言葉を使っていないか？

意外とやりがちなのが、「意味が重複している表現」です。わかりやすい例をひとつあげましょう。「元旦の朝」という言葉です。「元旦」とは1月1日の朝のことなので、「朝」は不要です。

また、オノマトペ（擬音語・擬態語）や強調表現が入っていると、無意識に言葉を重ねがちなので、削るポイントとしては要チェックです！

片方を削ったほうがいい例としては「しとしとと降る雨の音」といった表現があげられます。「しとしと」と「雨の音」は意味がかぶるので、どちらか一方を削ることが必須です。

こういうケースでは、思い切って不要な言葉を削るだけで、音数がきっちり整います。

❷別の言葉に言い換えができないか？

音数が整わないときは、類語を探してみるのも手です。

「お母さん」→「ママ」「母」（3音→2音）
「輝く」→「ひかる」（4音→3音）
「にっこりする」→「微笑《ほほえ》む」（6音→4音）

など、短くできる言葉が意外と多いものです。

ちなみに、類語を探すなら『日本語シソーラス 連想類語辞典』（大修館書店）がおすすめです。関連する言葉を幅広く出してくれるので、「ピッタリくる言葉」が見つかる確率が上がります。私自身も、いつも短歌を作るときは類語辞典を片手に持って取り組んでいます。

ただ、言葉を変更する際は、ニュアンスをよく考えて言い換えてください。もし、「この単語がどうしても使いたい！」と思ったときは、音数に囚われずに使ってほしいと思いますし、自分が本来伝えたかった情景と変わってしまうようであれば、変更する必要はありません。

❸語尾や語順を変えられないか？

話し言葉で詠む以上、多種多様な語尾が頻繁に登場します。「○○だわ」「○○だろ」など、男女の違いが表れる語尾もありますし、ちょっとした語尾で性格も滲《にじ》みます。

語尾は意外と音数を圧迫しがちなので、工夫するだけでグッと短くできます。自分が言いたいことのイメージと合っているか注意深く確かめながら、語尾を変えられないか試してみましょう。

・「○○だろうか」→「○○かな」（6音→4音）
・「○○していた」→「○○してた」（6音→5音）
・「○○しなければならない」→「○○しなきゃ」（10音→5音）

語尾をちょっと変えるだけで、すんなり収まることも多いので試してみてください。

単語の語順を変えるのも効果的です。

パンが温かいのを確かめながら帰る今日は幸せだって決めてる

焼きたてなのか、ホカホカのパンが冷めないうちに家路《いえじ》を急ぐ人の姿が浮かびます。いま感じている幸せを何にも邪魔させないぞ、と心に決めているのが七七の部分から伝わってきますね。でも、字数がオーバーしています。ここで、上の句の語順を少しだけ入れ替えてみましょう。

温かいパンを確かめつつ帰る今日は幸せだって決めてる

どうでしょうか。ほんの少し並べ替えるだけで、リズムが良くなり、音数も整います。

❹省略できる部分はないか？

日本語は、省略しても意味が通じることが多い言語です。

その点では、「本を読む」「風邪をひく」などといった、決まった単語の組み合わせを「コロケーション」と呼びます。この場合も、どちらかを省略してよいケースが多いです。

たとえば「ブランコを漕《こ》いで」という表現があったとしましょう。この場合、「漕ぐ」という動詞がなくても、「ブランコで」だけで情景が成立します。

このように動詞が不要であったり、主語と述語のうちどちらかが省略可能であったりすることは意外と「あるある」なのです。

「読者が補完できる部分」を思い切って削ることで、スッキリとまとまった短歌になります。

ご紹介した4つのテクニックを使えば、五七五七七にピタッと収まるようになります。短歌は「言葉を削る技術」がとても大事です。

ついつい説明したくなる気持ちをグッとこらえ、「最小限の言葉で最大限のイメージを伝える」ことを意識してみてください。

音数を削る作業は「言葉を磨く」作業でもあります。削ったぶんだけ、短歌は洗練されていくものなので、むしろ楽しんでやってみてくださいね！

STEP2：ストーリーから短歌を作る！

「短歌を作りたいけど、何を詠めばいいのかわからない！」

そんな方への第一歩としてオススメなのが「短歌のもとになるストーリーを書き出す」という方法です。「えっ、短歌ってたった31音しかないのに、ストーリーなんて書く必要あるの？」と思うかもしれません。でも、実は「短歌を作る前にストーリーを整理すること」が、いい短歌を詠む近道なのです。

まず、短歌を作る上でのストーリーを整理するとき、以下の手順で各項目を書き出してみましょう。

①ストーリーを書き出す

どんなストーリーを描きたいのか。より情報を整理してリアリティを持たせるためにも、時間や場所、相手、感情、具体的な固有名詞等を書き出していきましょう。

【時間】（いつ？　朝・昼・夜・季節など）
【場所】（どこで？　具体的な風景）
【相手】（誰がいる？　いない？　どんな関係？）
【感情】（どんな気持ち？　どんな表情？）
【具体的なもの】（固有名詞、小物、食べ物、音、においなど）

書き出したら、「一番伝えたいもの」を選んで、それを「五・七・五・七・七」に収めましょう。
たとえば、「夏祭りでのひとコマ」というお題に対して、ストーリーを書き出すと、このようになりました。

【時間】↓8月の夜、花火が終わった後
【場所】↓屋台の金魚すくいの前
【相手】↓友達、でも気になってる人
【感情】↓もっと一緒にいたい。けど、もう帰らなきゃいけない
【具体的なもの】↓浴衣の袖《そで》、金魚、りんご飴《あめ》の棒、手持ちの小銭

②情報を整理する
書き出したものの中から、「全部入れたい！」という気持ちをぐっとこらえて、一番大事な要素を選びます。

仮に「金魚すくい」「浴衣の袖」「帰りたくない気持ち」をメインにして、短歌を作ってみましょう。

③短歌にしてみる
入れたいキーワードをピックアップしたら、実際に短歌を作ってみましょう。

（例1）

このままでいたい真夏の臨界点 金魚すくいのポイはやぶれて

【解説】帰りたいけど帰らなくてはいけない、だからどこかで気持ちには折り合いをつける瞬間が来る。気持ちを切り替える瞬間、夢から醒《さ》めることを覚悟する瞬間を金魚すくいの紙が破れる描写で暗示。

（例2）

濡《ぬ》れそうなきみの浴衣の袖を持つ永遠の一瞬がほしいよ

【解説】きらめくような大切な一瞬が、永遠に続けばいいと思う。金魚すくいに夢中で水面に袖がつきそうな君、「何してんの」と笑いながらその袖を持つ私。
永遠に閉じ込めておけないからきっと、美しい。

短歌ドリル　ストーリーを作ろう！

短歌の題材にするストーリーを探すために、下の項目を埋めてみてください。

★**【時間】**（いつ？　季節・時間帯）

★**【場所】**（どこで？　風景は？）

★**【相手】**（誰がいる？　いない？）

★【感情】（どんな気持ち？　どんな表情？）

★【具体的なもの】（色・音・におい・味・小物など）

STEP3：ひとつに収まらない「感情」を上手に表現しよう

Lesson1でもお伝えしましたが、短歌は「心情」と「情景」の二つの要素によって成り立っています。

どちらを先に思い浮かべても大丈夫ですが、まずは「心情」を描く上でのポイントをお伝えしたいと思います。

短歌は五七五七七のリズムでできていますが、「その枠の中に自分の感情をどう詰め込むか」「自分はこの短歌の中で、どんな気持ちを伝えたいのか」を考えておく必要があります。

では、どのようなポイントを意識するべきなのでしょうか。

生まれる感情は、二つ以上挙げるべき

まず、注意したいのが、各シチュエーションによって、生まれる感情はひとつではないということです。

人は、楽しいこと、悲しいこと、寂しいこと、嬉《うれ》しいこと、いろんな感情を抱えながら生きています。その感情は単色ではなく、いくつもの色が混ざり合っているものです。

たとえば、「寂しい」という感情ひとつとっても、「一人の夜が静かで心地よい寂しさ」と「もう戻れない関係に気づいたときの寂しさ」「誰かに会いたくても会えない寂しさ」は違うものです。

こうやって掘り下げると、「寂しい」と一口に言っても、そこには違うニュアンスがあることがわかります。

それにもかかわらず、短歌を詠むときに「悲しい」「嬉しい」といった表現だ

けを使うと、言葉が単調になってしまいます。だからこそ、感情のコントラストを意識していきましょう。

「楽しいけど、少し寂しい」

「嬉しいけど、なんとなく不安」

「悲しいけど、どこか笑えてくる」

こうやって、ひとつの感情にもうひとつの感情を重ねることで、短歌に奥行きが生まれます。

たとえば、「虹《にじ》を見て泣いた」という気持ちを表現する上で、なぜ涙が出るのか。美しい景色を見たからといって、なぜ泣くのか。

仮にそれが、思い出の景色に結びつくからなのだとしたら、「悲しいから」ではなくて、「虹があの夏と同じ温度で輝くから」などと表現する。ただ「綺麗《きれい》だったから泣いた」と言うよりも、「あの夏」と結びつくことで、懐かしさや切なさが生まれるのがポイントです。

感情は「そのまま」表現しないのが鉄則

もうひとつのテクニックとして、感情を別の言葉で表すという方法があります。感情を表現するときに、そのまま言葉にするのは簡単ですが、それでは「誰にでもある気持ち」になってしまいます。その感情に紐《ひも》づくシチュエーションを詠むことで、短歌がグッとオリジナルなものになります。

たとえば、俵万智さんの歌を見てみましょう。

家族にはアルバムがあるということのだからなんなのと言えない重み
『チョコレート革命』（河出文庫）

家族にはアルバムがあるけれども、私と彼にはない。その悲しさを「だからなんなのと言えない」という言葉に変換する。俵さんにしか表現できない、本当にすばらしい作品だと思います。

こうした独自の感情表現ができれば、短歌にぐっと奥行が生まれます。

私自身も、「悲しい」「つらい」を言い換えて、こんな歌を作ったことがあります。


まだ生きられるって書きつけた日記ゼクシィの切り抜きを剝《は》がして

これは私の実体験ではありません。

失恋の短歌を詠もうと思った際に、「結婚直前で別れてしまった人はどんな心境だろう」と想像してみたのです。すると、婚約破棄された女性が、部屋に貼《は》っていた結婚情報誌『ゼクシィ』の切り抜きを、「もう必要ないから」と剝がすという光景が頭に浮かびました。

「ゼクシィ」という具体的なワードを入れたのは、「結婚＝幸せ」という象徴として一発で伝わるからです。しかも、ただ捨てるのではなく、「剝がす」と表現したのもポイントです。

雑誌なんかゴミ箱に投げ込めば済むのに、「切り抜きをわざわざ剝がす」とすることで、人間の未練や執着を表現しようと考えたのです。

さらに、「まだ生きられるって書きつけた日記」を足したのは、私自身も落ち込んでいた時期に「まだ生きられる」と日記に書いた体験を思い出したからです。だから、この短歌の主人公も、ゼクシィの切り抜きを剝がしながら、「もう生きている意味がない」と思うのではなく、「まだ生きられる」となんとか踏みとどまろうとしている。

そこに妙なリアリティが出たのではないかと思います。

このように「嬉しい」「悲しい」をそのまま詠むのではなく、その感情が色濃く表れる「場面」や「行動」を探してみてください。これだけで、ありきたりな表現を抜け出して、ぐっと短歌らしくなりますよ！

比喩《ひゆ》ではなく、「言い換え」をする

比喩は短歌の中でよく使われますが、比喩と「言い換え」は少し違います。

比喩は「○○のような」「○○みたいな」といった表現を指しますが、言い換えは、「言葉の角度を変えて表現すること」です。

たとえば、「好き」の言い換え。

ただ、「好き」というのではなく、「ひらがなであいをいいたい」と表現したらどうでしょうか。好きな人への気持ちを、ひらがなで伝えたいという飾り気のない純粋な気持ちが伝わるはず。

言い換えのコツは、感情を別の感覚に置き換えること。

「胸が詰まる」→「心が酸欠になる」
「不安」→「自分の重心を見失う」

このように感情を「言葉の角度を変えて」形容すると、短歌の表情が一気に深まるし、新しい表現に出会えるはずです。

慣用句を自分なりに言い換えてみる

既存の言葉や慣用句を、そのまま使わずに言い換えてみるのも、より印象に残る短歌を作る上では効果的です。

「胸が詰まる」→「小石を飲んだみたい」
「気持ちが揺れる」→「ネジが外れてぐらつく椅子《いす》」
「何も感じない」→「冷えたパスタをそのまま飲み込むような」

慣れ親しんだ表現をズラしてみることで、オンリーワンの短歌に近づけることができます。

逆の言葉を使うことで、感情を強調する

短歌の面白いところは、「言葉の裏切り」ができることです。言葉の意味が「裏切られる」と、そこに強い感情が生まれます。

あんなやつ光じゃないよただそばにいると温かいってだけだよ

これは、相手のことを「光」じゃないと否定しているのに、最後には「温かい」と肯定している。好きだけど、好きと言えない複雑な感情を表しています。

おおらかになってしまえて日曜に何も知らない顔で見送った

「おおらか＝良いこと」のはずなのに、実は諦《あきら》めの表現として使うことで、救われない関係性が続いていることを表現しています。

このように「言葉の裏切り」を使うと、短歌に奥行が生まれます。ぜひ、「裏切り」を意識してみてくださいね。

フレーズから考えて、そこから感情を紐《ひも》づける

私は短歌を詠むとき、「このフレーズを使いたい！」という言葉が最初に思いつくことが多いです。そして、そのフレーズに合う感情やシチュエーションを後から考えます。

たとえば、「あなたが好き」という言葉にしても、言い換えを考えれば、次のように山ほどあります。

「あなたの前でほころびながら尽きていきたい」

あなた以外の存在は考えられない。自分の存在が尽きてもよいほどに、相手が好きだという感情を詠んでいます。

「千の季節をきみのために盗む」

これは、「好き」だけど、ただの「好き」じゃない。「時を超えてでも、あなたを思い続けたい」という強い感情を詠み込んでいます。

「あなたまみれの放課後」

「あなたが好き」という感情を、具体的な時間帯（放課後）と合わせて表現しています。

このようにフレーズから短歌を組み立てると、「自分にしか詠めない言葉」が生まれやすくなりますよ！

短歌ドリル　感情を言い換えてみよう！

短歌では、自分の感情を載せることが大事。主観的な形容詞やよくある表現について、三パターンくらいに言い換えてみましょう。

- うれしい

- 楽しい

・腹が立つ

・悲しい

・好き

・幸せ

・感動した

・ありがとう

・ごめんね

・せつない

・絶望した

STEP4：シチュエーションから一筋縄ではいかない感情を考えてみる

続いて、ひとつのシチュエーションを題材に、生まれる感情を一緒に考えていきましょう。

あなたの仲の良かった友人が結婚した。念願だったチャペルでの結婚式を挙げて、幸せそうに笑っている友人……。

そんなシチュエーションを想像して、短歌を作ってみるとしたら、あなたならどう表現するでしょうか？

大切な友人の人生の節目である結婚式。涙ぐみながら「おめでとう！」と声をかける……。

たしかに、それだけでも、確かに短歌になります。でも、ちょっと待ってください。結婚式での感情って、本当に「祝福」だけですか？

みんなが口をそろえて「おめでとう！」という中で、ふとよぎる「自分のこと」。祝福しながらも、心のどこかで感じる違和感や寂しさ。「自分はどうなるんだろう？」と、取り残されるような気持ち。

実は、そういう「一筋縄ではいかない感情」のほうが、短歌にはしやすいのです。では、どうしたら一筋縄でいかない感情が生まれるのか？

ポイント①　読み手を裏切る「ギャップ」を入れよう

短歌は「予想を裏切るもの」のほうが、心に残ります。

- 一度突き放してみる
- ちょっと冷めた目線を入れる
- 逆に「皮肉っぽく」言ってみる

といった視点を加えると、より印象的になります。

たとえば、「結婚＝人生の墓場」と冗談めかして言いながらも、本当は友人の幸せを願う気持ちを詠ってみる。

人生の墓場と今でも思うけど友よ、枯《か》れない花束でいて

また、結婚式という幸せな空間にいるはずなのに、自分のことを考えてしまう心理を詠ってみるのもいいでしょう。

祝福にまみれたブーケトスを俯瞰《ふかん》している28にもなれば

悲しい題材の場合は、ユーモアを意識してください。「悲しい」「つらい」だけの短歌は、読者にとって共感しづらいものになりがちです。むしろ、そこにユーモアや違和感を少し加えることで、ぐっと印象に残る短歌になります。感情をそのまま投げるのではなく、読者が「えっ？」と思うような、ちょっとしたズレを加えることがコツです。

ポイント②　どこから見ている？「カメラの視点」を変えてみる

視点をずらすのも重要です。たとえば、結婚式には、たくさんの人がいます。新郎新婦の目線、友人として参列する自分の目線、招待状を受け取ったけれど欠席した人の目線、あるいは、たまたま結婚式場の近くを通っただけの人の目線……。視点を変えるだけで、グッとユニークな短歌になります。

ポイント③　あなたにしか詠めない「違和感」を入れる

短歌はどこか「引っかかる感情」を詠んだほうが、読んだ人の記憶に残るのです。だから、「ただの祝福」じゃなくてもかまいません。むしろ、心の奥にある「引っかかり」を大切にしましょう。

みんなが泣いているのに、自分だけ泣けない。
友人が選んだドレスの色が、自分のイメージと違った。
披露宴《ひろうえん》のスピーチで、新郎が言った「出会いのエピソード」を知らなかった。
こういう小さな違和感が、短歌の種になります。

STEP5：「オンリーワン」の情景を作ろう

短歌の魅力のひとつは、「心情」に加えて、「情景描写」にあります。でも、単に状況を説明するだけでは、誰の心にも残りません。「ありきたりの風景を、あなたにしか詠めないものにする」ことが重要です。

では、どうすれば、自分だけの短歌が作れるのか？「架空《かくう》のシチュエーションから短歌を作る方法」を、一緒に考えていきましょう。

情景を「使い古された表現」にしない

たとえば「片想い中の相手に、LINEを送ることしかできない」というシチュエーションを想定してみてください。

「君にLINE送るしかなくて　寂しい夜」といった形で、これをそのまま短歌にしても、よくある恋愛ソングの一節のようになりがちです。これでは、どこかで聞いたことがある「よくある恋」に埋もれてしまいます。

では、どうするか？

そのポイントは、「どこで」「どんなふうに」「何を感じて」LINEを送っているのかを細かく分解してみることです。

「既読がつかないまま、スマホを握りしめているのか」

「返信が来なくても、何度も文章を打ち直しているのか」

「深夜2時のコンビニの駐車場で、ぼんやりしながらスマホを見ているのか」

を考えてみると、こんな短歌に変わります。


「会いたい」と打って消すのを二度　きっとこのまま果ててゆく片想い

また、「LINEを送るしかできない」という事実を直接書くのではなく、「指紋が増えていくスマホ」という情景を通して、切なさを伝えることもできます。

ありふれた情景を視点のおもしろさで変えていく

独創的な短歌を作る上で欠かせないのが、独創的な視点です。
たとえば、俵万智さんの短歌に、こんな一首があります。

妻という安易ねたまし春の日のたとえば墓参に連れ添うことの
『チョコレート革命』（河出文庫）

「不倫相手が、妻をねたましく思う」のは、よくあるシチュエーションですが、ただねたむだけではない。「墓参りに連れ添える」という情景を羨《うらや》むという視点が、俵さんの歌を新鮮なものにしています。

つまり、短歌を作るときは「その感情を表現するのに、よくあるシチュエーションではなく、もっと意外な場面を持ってこられないか？」「ありふれた感情を、ありふれていない光景で描けるか？」という視点を持っておくと、よりオリジナリティのある短歌になるはずです。

「オノマトペ」を自分の言葉に言い換えてみる

オノマトペも重要です。「しくしく泣く」や「キラキラ輝く」はもう見慣れた表現ですよね？　みんながよく知っているオノマトペではなく、自分だけのオノマトペを作ってみましょう。

大きく分けて方法は二つあります。

ひとつは、「意外な組み合わせ」。

「しくしく」というオノマトペは、人間が泣く様子と組み合わせられるものです。でも、そこはあえてはずしてみると、オリジナリティが生まれます。

【例】
「炊飯器しくしくと夜」

珍しい取り合わせですが、この表現に出会った人はおそらく、確証が持てないながらも、「たぶん〝泣いてるように聞こえる〟炊飯の音ってことだよな、ということは……」と想像を広げてくれることでしょう。

もうひとつは、「オリジナルのオノマトペ」を作ることです。

【例】
「ぱられると雨はささやく」

ささやき声のような傘《かさ》を持つ雨の音を表現してみたもの。「パラレルワールド」とかけた言葉遊びも兼ねています。自然の音がまったく関係のない単語に聞こえるというのは楽しい発見ですよね。このように、誰も聞いたことがないようなユニークなオノマトペを作ることができれば、印象深い短歌になるはずです。

短歌ドリル　上の句 or 下の句を考えてみよう！

短歌を詠むとき、いきなり「五七五七七」を全部考えるのは難しいですよね。でも、上の句（五七五）か下の句（七七）のどちらかが決まっていれば、短歌の完成形がぐっと見えやすくなります。

このページでは、あらかじめ決まった上の句or下の句に、自分の言葉を足してみるという練習をしてみましょう。

ポイントは「面白く裏切る」「ありきたりな答えを避ける」「情景を具体的にする」こと。さあ、やってみましょう！

□練習問題1

次の上の句（五七五）に合う下の句（七七）を考えてみてください。

お題①

「わたくしの長所は美しいところ」

（例）「短所は君を愛したところ」

お題②

「人生の墓場を迎え真美ちゃんは」

（例）「花束になる 枯れないでいて」

（例）「沈黙してるウェディングベル」

お題③

「重心を失いながら君のそば」

（例）「ふわりふわりと嘘をつぶやく」

□練習問題2

次の下の句（七七）に合う上の句（五七五）を考えてみてください。

お題④

「教室は海みたいに遠い」

（例）「聴こえないHzで君が笑うとき」

お題⑤
「いつも突然おしまいが来る」
（例）「缶ビール買ってたちまちうずくまる」

お題⑥
「理想の死因などを話した」
（例）「夜明けまで生きてしまってほしいから」

お題⑦
「夕焼けをただ一度だけ見た」
（例）「先生と生徒をやめてぼくたちは」

「題詠《だいえい》」にチャレンジ！　お題が生む短歌の可能性を考えよう

短歌の世界には「題詠」と呼ばれる、お題に沿《そ》って詠む形式があります。題詠は、自由詠とはまた違った魅力を持ち、発想力を鍛《きた》え、表現の幅を広げる絶好のトレーニングになります。

お題にはさまざまな形式があり、それによって短歌の発想や表現が大きく変わるのが特徴です。

題詠の魅力は、同じお題でも詠み手によってまったく違う短歌が生まれるところにあります。同じ言葉を与えられても、ある人はユーモラスに、ある人は情緒的に、またある人は哲学的に詠む。そうした違いを楽しむことこそ、題詠の醍醐《だいご》味《み》だと言えるでしょう。

最も基本的な題詠の形式は、指定された単語や漢字をそのまま使って詠むというスタイルです。

たとえば「ドライブ」というお題が出た場合、短歌のどこかに「ドライブ」という言葉を入れて詠むことになります。また、お題が漢字の場合は、選ぶ熟語によって短歌の印象が大きく変わっていくのです。

また、詠み出しが指定される題詠も存在します。「ありがとう」や「いつの日か」といった言葉で始める短歌を詠むものや、最初の一文字だけ指定されるケースも。詠み出しが決まっていることで、短歌の流れがある程度制限されるため、いかにして自分らしい表現を生み出すかが問われます。

なかには、「一歩踏み出す勇気が出ないとき」「思わせぶりな態度に振り回されているとき」など、特定の感情やシチュエーションが設定され、その場面にふさわしい短歌を詠む題詠もあります。この形式は、自分の経験をもとに考えることができるため、比較的詠みやすいと感じる人も多いようでした。

さらに、写真をもとに詠む題詠もあります。

提示された写真を見て、そこから短歌を発想する形式で、視覚的なインスピレーションを言葉に変える楽しさがあります。たとえば、雨上がりの水たまりに映る空の写真を見て、「まるで別の世界が開いているような」短歌を詠むこともできますし、公園のベンチの写真を見て「誰かを待っている」心情を詠むこともできるのです。

写真から短歌を詠む題詠は、自由度が高く、時には思いもよらないユニークな発想が飛び出すこともあります。こうした短歌はそのままフォト短歌と言う名前で写真と共に発表することもできるため、ＳＮＳとの相性も良いです。

題詠では、短歌のスキルを磨くこともできます。お題があることで、自由詠では思いつかなかった表現や言葉を引き出すきっかけになり、発想の幅が広がるはず。ぜひ、お気に入りのスタイルを見つけて、題詠の楽しさを味わってみてください！

短歌ドリル　題詠に挑戦しよう！

①お題「かなしい」という言葉を使わずに「かなしい」と表現する

【例】

きえてって3回言った きみの眼がとうに遙《はる》かな海辺と知って

【解説】

かなしい場面として真っ先に頭に浮かんだのは誰かに裏切られたシーンでした。その上で、冒頭に暗雲立ち込めるようなセリフを挿入する演出は、短歌ではよく使われる裏技です。また、「きみの眼が」以降の比喩で、二人の関係性と結末をうっすら予想させるのも、ピントの合わせ方としては、重要な部分です。

②お題「別れ」

【例】

嘘なんてもうなにひとついらなくてふたり指輪を外して笑う

【解説】

「指輪を外す」という描写で、別れのシーンと確実に分かります。ただ、31音を無駄遣いせずに、単なる「別れ」以上の情報を詰め込み、ストーリーを描くことを心がけました。

③お題「愛」×「食べ物」

【例】

死にたがることと大事にされること両立しつつきみの食《は》む梨《なし》

【解説】

二つの単語をからめたお題が出てきたときは、まずは「心情や情景が限定されやすいお題」から取り掛かりましょう。今回の場合、「食べ物」のほうが心情や情景が限定されづらいので、先に「恋」にまつわる情景を思い浮かべた後、その情景に適した「食べ物」のキーワードを探すことをおすすめします。

31音だけどしっくりこない。そんなときの推敲《すいこう》チェックポイント

短歌は音数が合えば完成するわけではありません。

ピースが全部そろっているのに「どこかハマってない」というときは、もうひと押しの推敲が必要です。では、推敲時のチェックポイントを確認していきましょう。

❶意味の重複がないか？

これは「音数を削るときのチェック」とも重なりますが、同じ意味の言葉が2回登場していないかを確認してください。

音数が合っているのに、どこか「詰まり気味」だったり「もたつく」感じがする場合、無駄な言葉が紛《まぎ》れ込んでいないかチェックしましょう！

❷音数を無駄にしていないか？

音数をピッタリにするために「無駄な語が入っていないか？」を確認しましょう。

「今日の午後公園に写真を撮りに行くにも右にあなたがいない」

↓

「公園に写真を撮りに行こうにも君の不在が寒くて無理だ」

短歌の一番かんたんなバランスは「五七五で情景、七七で心情」です。

まずはこのパターンにしてみて、不要な語がないか見直してみましょう！

❸「それで?」で終わってないか?

「31音に収まっているけど、なぜか弱いな……」というときは、読者が「で?」と違和感を抱く短歌になっていないかを確認しましょう。

クッキーとチョコレートならどちらかと言えばチョコレートの方が好き

この短歌を詠んだら、「そうですか、それで……?」と疑問を持つはず。こうした「情報の羅列」で終わっていると、短歌としては弱くなってしまいます。

たとえばこの歌を――

クッキーとチョコならチョコが好ききみとそのほかのすべてならきみだよ

……と変換してみましょう。こうすると、単なる好みの話ではなく、「心情」が絡んだ短歌になります。

短歌は、俳句よりも長いぶん「感情をさらけ出せる」文学です。たいていの短歌には「感情がにじむ」瞬間があります。

それが抜け落ちていないか、見直してみてくださいね。

❹誰にでも伝わる言葉を選んでいるか？

短歌は「読者がスッと入れる言葉」で詠むことが大事です。

たとえば、「トイレットペーパー」を「トイペ」と略した場合、伝わる人は限られます。伝わりづらくなってしまうので、短歌で使うのはやめておいたほうがよいはず。

また、「ジュース」を「果汁飲料」などと表現すると、堅すぎて日常感が失われてしまいます。短歌は「あえて伝わらない言葉を選ぶ技術」もありますが、初心者のうちは「どんな人でもすぐに理解できる言葉を選ぶ」のが無難です。

❺どこかで聞いたことあるフレーズになってないか？

次のフレーズを見てください。

「君のこと忘れられない夜がある」

「心の中にずっといるから」

こうしたものに対して、「……あれ、なんか聞いたことあるなぁ？」と思った方、いらっしゃるのではないでしょうか。誰かの歌詞やキャッチコピーにありそうな言葉を「自分の言葉」として詠んでしまうのは、短歌としてはＮＧです。

「似た表現を聞いたことがないか？」

「自分のオリジナルの言葉になっているか？」

を念頭に置きながら、しっかり見直してみましょう。

短歌は「最初に詠んだ形がベスト」ということはほぼありません。むしろ、推敲を重ねていくことで「言葉が研ぎ澄まされていく」のが短歌の面白いところ。「なんか違うな？」と思ったときこそ、「より良い短歌になるチャンス」です！
ぜひ、このチェックリストを活用してみてください。

おみそ私選短歌から紐解《ひもと》く、短歌の作り方解説

Lesson2では、短歌の作り方をご紹介してきました。そこで、ここからは、私が実際に詠んだ短歌をもとに、どのようなポイントを重視して、どのように推敲して作ってきたのかをご紹介していきます。

したたかな方だと思うどちらかと言えば加害者側だとも思う

この短歌は、私が「自分」という題で詠んだものです。短歌を詠むとき、自分自身について考える機会は多いのですが、自己肯定と自己否定が奇妙なバランスで共存している私の性格が、そのまま表れた一首になりました。

普段、私は「生きるのが上手そう」と言われることが多いです。泣くこともほとんどないし、傷ついても翌日まで引きずらない。どんな状況でも柔軟に立ち回り、表向きは問題なく生きているように見えるらしいのです。

でも、それはしたたかさなのか、それとも単に「加害者側の人間」だからなのか——そんなことを考えながら、生まれたのがこの短歌です。

ここで重要なのは、「傷つけることも多い」とか「人を踏みつけることもある」という、より直接的な言い方ではなく、「加害者側」という無機質な言葉を選んだこと。この表現には、自分自身への冷静な距離感と、ある種の諦念《ていねん》が込められています。まるでニュースの一文のように淡々と述べることで、むしろ心の奥底にある複雑な感情が際立つのです。

また、この短歌のポイントは「繰り返し」にあります。短歌は31音しかないので、同じような表現を二度使うことには大きな意味があります。

今回は「したたかな方だと思う」と「加害者側だとも思う」を並べることで、読者に「したたかさとは何か？」を考えさせる構造になっています。「したたかさ」＝「加害者性」なのか？　それとも単なる世渡り上手なだけなのか？　この短歌は、そんな問いを投げかけています。

ことばことばことばにまみれていく短歌くれる男とくれない男

短歌を詠んでいると、特に恋の短歌ではセリフが増えるなと感じることがありました。相手の言葉を使うことで、ただの情景描写よりも感情の流れや関係性を端的に表現しやすくなります。

この短歌も、そんな「言葉の密度」について考えながら詠みました。

「ことばことばにまみれていく短歌」というフレーズは、まさに言葉そのものに飲み込まれるような状態を描いています。でも、それだけでは「短歌についての短歌」という、単なるメタ表現で終わってしまう。そこで、「くれる男とくれない男」という下の句を続けることで、「言葉」が何を指しているのかを一気に明確にしました。

また、「男」という単語を入れたのは、恋愛の関係性を読者に瞬時に伝えるためです。性別を示す言葉をあえて入れることで、関係性を補足する言葉を減らし、そのぶん「ことばことばことば」のリズム感を強調できる。主体がどちらの性別でも特に問題はないのですが、とにかく「男性を恋愛対象として見ている人」ということがこれだけで伝わりやすくなるのです。言葉を与える存在と、それを欲する存在。その二人が同時にいることで、短歌の中に緊張感が生まれ、読み手が自分の記憶を投影しやすくなります。

「人並みの幸せが似合わない子」と母に撫《な》でられている窓際

この短歌は、私の母が実際に私に投げかけた言葉がもとになっています。「人並みの幸せが似合わない子」――この一言を聞いたとき、私はどう受け取ればいいのかわからないまま、「そうだよね」と返事をしました。また、この言葉が持つ二面性に、自分自身の感情がすっぽりと飲み込まれていく感覚がありました。「人並みの幸せが似合わない」というのは、言い方ひとつでまるで違う意味になります。

ひとつは、「あなたは普通の幸せには収まらない、もっと特別な人間だ」という解釈。もうひとつは、「あなたは幸せというものに馴染《なじ》まない、どうもそこから外れてしまう子だ」という、どこか寂しさを孕《はら》んだ視点。このどちらの意味も否定せず、そのまま短歌に落とし込みました。

この言葉を短歌にするにあたって、まず悩んだのは「情景と心情をどう配置するか」ということです。もともとは「普通には幸せにならないよねと母に告げられている夕方」といった形で詠んでいました。でも、このままだと「母に言われた」という事実だけが強調されすぎて、母と私の関係性や、その言葉を受け止める空気感が薄れてしまう。

だから、「告げられる」ではなく「撫でられている」に変えました。母の手が私の髪や肩に触れる。その動作があるだけで、母の言葉に込められた、愛情や心配、諦《あきら》めといった複雑な感情が滲み出てくると感じたからです。

情景の締めくくりとして「窓際」を最後に置いたのも、かなり考えた部分です。もともとは「夕方」や「雨の日」などの時間や天候を入れることも考えました。でも、雨を降らせたらどうしても寂しい方向に寄ってしまうし、午後の陽光を入れると逆に穏やかさが強調されすぎる。そこで、時間や天候ではなく「窓際」という空間を選びました。窓際は、外の世界と部屋の中の境界線でありながら、意識しなければそこにいることさえ気づかれないような場所。そういう少し閉じた、でもどこか開かれた空間が、この短歌の余韻にぴったりだなと思いました。

悲しいと思った時にそのことを言えない相手と虹を見ている

この短歌は、私の中で「裏切りの構図」を意識して作った一首です。表面的には晴れやかで美しい光景。でもその裏には、言葉にならない感情が隠れている。そういう状況の「違和感」や「すれ違い」を、短歌に閉じ込めたかったのです。

まず、「悲しいと思った時にそのことを言えない相手」というフレーズ。ここにはすでに、関係性のひずみが含まれています。「悲しみを共有できない相手」というのは、どこかよそよそしい関係なのか、それとも「伝えたくない」「伝えても仕方がない」と思うほどの距離感があるのか。読み手は、この言葉を読んだ瞬間に「この二人はどんな関係なんだろう?」と想像を巡らせることになります。

そして、そこに続くのが「虹を見ている」という言葉。虹といえば、雨上がりの象徴。つまり、この二人は「雨が降っていた時間を共に過ごしていた」ということでもあります。でも、その雨、つまり、悲しみを告げることができないまま、二人は虹を見上げている。ここが、この短歌の一番のポイントです。

普通、虹は希望や喜びの象徴として扱われることが多いですよね。でも、この短歌の中では、それが「裏切りの象徴」にもなっています。「私の心にはまだ雨が降っているのに、景色だけはもう晴れてしまった」。そんなズレた感覚が、読んだ人の心に静かに刺さるようにしたかったのです。

短歌の魅力は、言葉の少なさの中で、どれだけ深い余韻を残せるかにあると思っています。この短歌もまた、「本当に悲しいのは、どちらなのか?」という問いを読者に投げかけることで、読んだ人の中にそれぞれの解釈が生まれるようにしています。

「雨はまだ降っているのに、目の前には虹がかかっている」。そんな気持ちになったことがある人なら、この短歌の意味をきっと感じ取ってくれるんじゃないかな、と思います。

ひと思いにあなた好みの髪を断つ乙女《おとめ》心の墓場であろう

この短歌は、私の作品の中でも「パワーワードで殴る」タイプの一首です。「乙女心の墓場であろう」という印象的なフレーズは、読んだ人の記憶に残る強さがあり、短歌の世界観を一瞬で確立させる役割を担《にな》っています。

そもそもこの短歌が生まれたのは、「失恋をどう言い換えられるか？」という話題がきっかけでした。

たとえば、恋が終わる瞬間、よくあるイメージとして「髪を切る」という行為がありますよね。

でも、ただ「髪を切る」と言ってしまうと、ありきたりすぎて印象に残らない。そこで「断つ」という言葉を選びました。この「断つ」には、単に髪を切るという動作だけではなく、何かを終わらせる、決別するというニュアンスが込められています。

しかも、「あなた好みの髪を」とすることで、失恋の痛みをより鮮明に描くことができる。これは「自分が好きでやっていたことを変える」のではなく、「相手に合わせていたものを捨てる」という行為だから。そこに、この短歌の鋭さがあります。

そして、「乙女心の墓場であろう」。この部分が、この短歌の核となるパワーワードです。恋の終わりを「墓場」と表現することで、ただの切ない話ではなく、ひとつの物語が生まれます。

語尾を「であろう」としたのがポイントです。もしこれを「乙女心の墓場である」と言い切ってしまうと、ただの事実の描写になってしまう。でも、「であろう」にすることで、少し距離をとり、俯瞰《ふかん》した視点を持たせています。これは、恋が終わった瞬間の強がりにも見えるし、これから先もこの気持ちを持ち続けるのかもしれないという余韻も生まれます。

また、言葉のリズムも考えました。五七五七七の中で、強調すべき言葉をどこに置くかは、読者の印象を大きく左右します。「ひと思いに」で一度テンポを整え、「あなた好みの髪を断つ」と続けることで、一気にクライマックスを作る。そして最後に「乙女心の墓場であろう」と、じわっと余韻を残す流れ。読んだあとに少し時間をおいて、じわじわと意味が響いてくるように設計しています。

コラム2　プロの歌人とは何者か

「歌人」という言葉は、プロ・アマ問わず短歌を詠む人全般に使われます。しかし、私は普段、自分のことを「歌詠み」と呼ぶようにしています。職業として短歌に携《たずさ》わる方々への敬意を込めて、というのがその理由です。もっとも、つい気分が高まると「歌人」と名乗ることもありますが、それはご愛嬌《あいきょう》ということで。

では、「プロの歌人」とはどのような存在でしょうか。ひとつの道としては、新人賞を受賞し、出版社を通じて歌集を刊行することで名を知られることが挙げられます。

また、「結社《けっしゃ》」と呼ばれる短歌の団体に所属し、定期的に作品を発表しながら評価を高めることで、出版の機会を得る方もいます。近年では、SNSやオンラインの短歌コミュニティを通じて注目を集めるケースも増えてきました。ただし、短歌の歌集は決して大衆向けのベストセラーになるものではなく、それ単体で生計を立てるのは非常に難しいのが現実です。

では、プロの歌人はどのようにして収入を得ているのでしょうか。

その活動の幅は広く、雑誌で短歌やエッセイの連載を持つ、公募の審査員を務める、カルチャーセンターで講師をする、対談やインタビューに登場する、テレビやラジオ番組に出演するなど、その収入の範囲は多岐にわたります。

さらに、結社で活躍する歌人の中には、やがて自身が組織をまとめる立場となり、歌会を主催したり、「吟行《ぎんこう》」（短歌を詠むために特定の場所へ出向く活動）を企画したりすることもあります。最近では、伝統的な結社に所属せず、オンラインで短歌の場を作る歌人も増えてきました。

しかし、短歌だけで生計を立てられる歌人はごくわずかです。多くの方が本業を持ちつつ、歌人としての活動を続けています。たとえば、あの俵万智さんもデビュー当初は教職に就《つ》いていました。

私自身、短歌を生業《なりわい》とする未来を目指しています。

なぜなら、私にとって短歌は単なる趣味ではなく、生きることそのものだからです。生活のために短歌と向き合う時間を削られることは、できるだけ避けたい。同時に、短歌の魅力をもっと多くの人に伝え、文化として広げていくことが必要だと感じています。その一環として、YouTubeなどの新しい発信手段にも挑戦しようと考えています。

短歌の可能性はまだまだ広がるはずです。その未来を信じて、私は今日も歌を詠み続けます。

Lesson 3

自分の短歌を人に見てもらおう

自分の短歌を世に出す第一歩「公募《こうぼ》」とは？

短歌は「自分だけのもの」ですが、誰かが読んで意味が通じることも大事です。たとえば、歌会などで人に見てもらうと、意外な視点に気づくことができます。

「この表現、ちょっとわかりづらいかも？」

「この単語、もっと違うものに置き換えられない？」

そんなフィードバックをもらうことで、自分の短歌の精度がどんどん上がります。そして、なにより他の人からの自分の作品への意見を聞くのは楽しいものだし、勉強になります。

だからこそ、人に見てもらう機会を積極的に増やしていくのが、短歌上達の早道になるのです。

そんな中で、多くの人にまずおすすめしたいのが「公募」です。

短歌を詠み始めたばかりの方にとって、「公募」という言葉はあまり馴染みがないかもしれません。そもそも、公募とは何でしょう?

公募とは、「一般から広く募集すること」を指しますが、短歌の世界では「短歌のコンテスト」のことを意味する場合が多いです。つまり、プロもアマチュアも関係なく、多くの人が参加できる短歌の大会です。

「短歌を作ってみたけれど、誰かに見てもらう機会がない……」という方にとって、公募は自作の短歌を人目にさらす良いチャンスです。

公募に出すことで、良作に出会える機会が広がる!

では、公募にはどのようなメリットがあるのでしょうか?

まず、ひとつ目は「良作に出会える機会」が増えることです。

短歌の面白いところは、「初心者でもプロを超える短歌を詠むことがある」という点です。

短歌には、「テクニック」だけではなく、「その人にしか紡《つむ》げない言葉」が存在します。そのため、短歌の公募では意外な作品が入賞することも多く、結果発表を眺めるだけでも非常に勉強になります。

また、公募によっては応募者全員に全作品集や優秀作品集を配布するものもあります。こうした作品集は、短歌を学ぶうえで最高の教材になります。さらに、大会によっては授賞式や講評会、立食パーティーなど、参加者同士が交流できる機会も設けられています。短歌仲間を作るのにもぴったりですね。

もうひとつのメリットは、賞品や賞金を手にするチャンスが生まれる点です。短歌の公募には、賞金や豪華賞品が用意されていることが少なくありません。短歌界は現在、より多くの人に短歌を楽しんでもらおうと、さまざまな工夫を凝《こ》らして盛り上げています。賞品や賞金のあるコンテストも多く、短歌を始めて間もない人でも思わぬ収穫を得ることがあります。

私自身、短歌を始めて1年足らずで、図書カードや旅行券、高級皮手袋、さらにはお酒まで、合計10万円以上の賞品を手にしました！

これは単なる下世話な話ではなくて、何か自分に返ってくるものがあると成功経験としてインパクトが残り、短歌を続けていくことに対して前向きな気持ちでいられるのです。

学生向けの公募では図書カードが定番ですが、中には現金や豪華賞品を用意しているものもあります。しかも、短歌は「経験がものを言う世界」ではないため、始めたばかりの人でも入賞のチャンスがあります。これまでになかった新しい感性はそれだけでアドバンテージがあるのです。

チャンスにあふれた短歌の公募、挑戦してみたくなってきましたか？

どうやって公募を探す？

短歌の公募は、インターネットで簡単に見つけることができます。

「公募ガイド」や「登竜門」などの公募情報サイトでは、数多くの短歌コンテストが紹介されています。また、「短歌 公募」「短歌 コンテスト」などで検索すると、意外な公募が見つかることもあります。

学生向けの大会は夏休みや冬休みに多く開催されるので、チェックするのにぴったりです。団体戦のコンテスト（短歌甲子園など）は、学校や短歌仲間と一緒に参加するのも楽しいので、おすすめですよ！

短歌を詠む楽しさは、自分の言葉が誰かに届くことにあります。そのためには、公募に挑戦することがとても大事です。短歌の世界は思っているよりも広く、面白く、そして奥深いものです。

「自分の短歌なんて……」と思っている方こそ、ぜひ一度応募してみてください。もちろん、応募した短歌が入賞しなかったからといって落ち込む必要はありません。コンテストには傾向があり、審査員の好みに合わなかっただけという場合もあります。ただ、入賞すれば自信にも繋がりますし、何より短歌の世界と繋がるきっかけになります。

意外な発見や、新しい出会いが待っているかもしれません。

挑戦する公募の選び方とチェックポイント

せっかく応募するなら、できるだけ自分の作品が評価されやすい公募を選びたいもの。そこで、応募する前に気をつけるべきポイントも押さえておきましょう。

短歌の公募には、テーマが決まっているもの、特定の雰囲気を求められるもの、自由詠ＯＫなものと、さまざまな種類があります。

自分の作品が評価される確率を上げるには、応募先の傾向を事前にチェックすることが大切です。

まず、その見極めをするために、応募要項をしっかり読みましょう。

「どんなテーマで募集しているのか」「どんな短歌を求めているのか」、コンテストごとに細かく書かれていることが多いので、まずはここを確認しましょう。

たとえば、「瀬戸内海の美しさを詠む」とか「愛する人を思う短歌」など、方向性が明確なものもあります。この条件を無視して応募すると、どんなに良い作品でも評価の対象から外れてしまう可能性があるので要注意です。

続いてやっていただきたいのが「過去の入賞作をチェックする」こと。

多くの公募では、過去の入賞作品が公開されています。「どんな作品が評価されているのか」を知ることで、選考基準をある程度予測できます。

たとえば、「恋の短歌が多いな」「ユーモア系は受けがいいな」などの傾向が掴めるかもしれません。逆に、前年の受賞作と似すぎた短歌は評価されづらいので、そこも注意が必要です。

また、最近はほとんど見かけませんが、文語調の古風な短歌ばかりが入賞している公募もあります。現代口語短歌で勝負できるかどうか、そういった点もチェックしておくと安心です。

そして、もうひとつ確認してほしいのが「選者（審査員）」です。「我こそは勝ちに行きたい！」という人は、ぜひ審査員を確認してください。特に歌人が選者の場合は、その人の作品集を読んでおくと「この人はこういう作風が好きなのかも？」というヒントが得られることもあります。

ただし、選者の好みに寄せすぎると、「この短歌、選者本人が詠んだみたい……？」みたいな事態になりかねません。あくまで自分らしい作品で勝負しましょう。

公募に応募する前に知っておきたい「ルール」と「著作権」

どの公募に応募するかを決めたら、次にチェックしてほしいのが「応募ルール」と「著作権」に関する注意点です。

まず、公募に応募する大前提は「未発表のオリジナル作品であること」です。

応募する短歌は、ＳＮＳを含めてどこにも発表していないオリジナル作品である必要があります。「この短歌、バズったから応募してみよう！」はＮＧです。

そして当然ですが、他人の作品を盗作するのは論外。ＡＩが生成した短歌をそのまま応募するのもオリジナル作品とは言えないので要注意。

なお、公募の中には「入賞した作品の著作権は主催者側に帰属する」と明記しているものがあります。これは、「応募した作品は、自分の短歌として自由に発表できなくなる」ということです。たとえば、入賞した作品を後から短歌集に収録したり、ＳＮＳで再投稿したりするのが難しくなる可能性があります。

もちろん、すべての公募がこういうルールではないですし、入賞しなかった作品は自由に使えます。ただ、「せっかく受賞したのに、自由に使えなくなった……」と後から後悔しないように、応募前にしっかり確認しておきましょう。

おみそ厳選！　初心者におすすめの公募５選

では、実際にどの公募に応募したらいいのか。そこで、私がおすすめする公募を五つピックアップしてみました。誰でも気軽に応募できるものばかりなので、ぜひ挑戦してみてくださいね。

①ＮＨＫ短歌

短歌を始めたら、まず名前を聞くであろう定番公募です。ＮＨＫの番組内で毎週異なるお題が発表され、ＷＥＢから手軽に応募できます。自由詠（テーマ自由）もＯＫなので、思い浮かんだ短歌をそのまま送ることができるのがポイント。

応募料は無料で、初心者でも参加しやすいのが特徴です。ただし、放送で発表されるため、おうちにテレビがないと「採用された！」という喜びをリアルタイムで味わえません。講評も放送内で行われるので、番組を観られないと、せっかくのフィードバックを逃してしまう点には注意しましょう。

②角川全国短歌大賞

こちらは角川文化振興財団が主催する、大規模な公募です。大賞の賞金、なんと10万円！　さらに参加者全員に、応募作を収録した冊子「短歌生活」がもらえるのが特徴です。さらに、選者は短歌界の第一線で活躍する歌人たちです。

「自由題2首」の場合は2200円、「自由題2首と題詠1首」の場合は3300円の投稿料が必要ではありますが、自分の作品が本になる体験ができるので、モチベーションも上がるはずです。

③令和独楽吟《どくらくぎん》　橘《たちばな》　曙覧《あけみ》顕彰短歌コンクール

幕末の歌人・橘曙覧の作品にならい、「たのしみは〜とき」の決まった型にはめて詠む、ちょっとユニークな短歌コンクール。古典的なスタイルですが、日常のささやかな幸せを切り取るのにぴったりの公募です。「自由に詠むのは難しいけど、お題があると作りやすい！」という方におすすめです。

毎年秋ごろに開催されており、参加費は無料です。

④万葉の里 短歌募集「あなたを想う恋のうた」

恋愛短歌に特化した公募です。過去の受賞作を見るだけでも胸がぎゅっとなるような作品ばかり。「恋愛短歌なら自信がある！」「あのときの想いを歌にしてみたい！」という方は、ぜひ挑戦してみてください。

⑤短歌研究ジュニア賞

短歌研究社が主催し、毎年春ごろに発表される10代向けの短歌賞で、初心者でも参加しやすい公募のひとつです。

若手の歌人が選者を務めていることが多く、中高生の瑞々《みずみず》しい感性を受け止めてくれる懐《ふところ》の広いコンテスト。ここから未来の短歌シーンを担う才能が生まれるかもしれません。

短歌を応募できるのは、公募だけではありません。新聞や雑誌の短歌欄に投稿するのもひとつの手です。ただし、新聞の短歌欄は、短歌界の猛者《もさ》たちが集まる場でもあります。いきなりそこに飛び込むと、レベルの高さに気圧《けお》されてしまうかもしれません。

公募に応募してみて自信がついたら、次のステップとして新聞投稿にチャレンジするのもいいと思います。

短歌結社に入るという選択肢

短歌は個人で詠んで楽しむことができますが、より深く学び、交流を広げるための場として「短歌結社」というものが存在します。

これは、短歌を詠む人たちが集まり、定期的に作品を発表し、互いに評価し合う団体のことを指します。結社によっては、主宰者《しゅさいしゃ》や選者と呼ばれる経験豊かな歌人が、会員の作品を選び、批評を行うこともあります。

日本には多くの結社があり、それぞれに特徴や歴史があります。
結社に入ることで得られる主なメリットは以下の通りです。

①定期的に短歌を詠む習慣がつく

結社では、会員が毎月または季刊ごとに短歌を提出し、選者による評価を受けます。締め切りがあることで、継続的に短歌を詠む習慣がつきます。

②有名な歌人に読んでもらえる機会がある

結社によっては、著名な歌人が選者を務めていることもあります。憧《あこが》れの歌人に自分の短歌を読んでもらえるというのは、大きなモチベーションになります。

③短歌の技術を磨ける

結社では、単なる投稿だけでなく、歌会や合評会なども行われます。そこでは、他の会員と意見を交換しながら短歌の表現力を磨くことができます。

短歌結社に所属するかどうかは人それぞれです。必須ではありませんし、会費などのコストもかかります。

現在では、SNSやオンライン歌会など、結社に属さなくても短歌を発表できる場が増えているため、特に若手の歌人には結社に所属しない人も目立ちます。私自身も短歌結社には所属していません。

どの道を選ぶにせよ、大切なのは「自分が短歌をどう楽しみたいのか」を見極めることです。結社に入ることで短歌の世界が広がる人もいれば、入らないことで自分らしい短歌を追求できる人もいます。

短歌は個人の表現であり、決まった型に収まる必要はありません。結社という選択肢があることを知った上で、自分にとって最適な形を見つけていくことが、短歌を続けるうえでの大きな鍵《かぎ》になるはずです。

短歌結社はどうやって探せばいい？

結社には種類がたくさんありますが、すべての結社の情報を一覧で探すのは簡単ではなく、ネット検索だけでは全貌《ぜんぼう》を把握しにくいのが現状です。そのため、短歌に関する情報をまとめているサイト「最適日常」などを活用すると、自分に合った結社を探しやすくなります。

そこで、結社を選ぶ際のポイントをいくつか挙げておきます。

①好きな歌人の所属する結社を選ぶ

もし憧れの歌人がいるなら、その人が所属する、あるいは関わりのあった結社を選ぶのもひとつの方法です。たとえば、俵万智さんの所属する「心の花」などが有名です。

②発表の頻度を確認する

結社ごとに、会誌の発行ペースが異なります。

- 月刊：短歌を頻繁に詠みたい人向け
- 季刊：じっくり推敲しながら作品を出したい人向け
- 年刊：気軽に続けたい人向け

このように発行ペースを確認しつつ、自分のペースに合った結社を選んでもいいと思います。

③活動内容をチェックする

結社によっては、リアルの歌会や吟行を活発に行うところもありますし、逆に投稿と選評のみで活動するところもあります。歌会に積極的に参加したいのか、それとも静かに作品を発表したいのか、自分のスタイルに合った結社を選ぶとよいでしょう。

④会費を確認する

結社には年会費や月額費用がかかることが多く、一般的には月1000〜2000円程度が相場です。加えて、歌会に参加するたびに別途費用が発生することもあります。無理なく続けられる範囲で検討しましょう。

結社以外にもある！　短歌活動団体

結社とは異なりますが、全国的な規模で短歌活動を支える団体も存在します。たとえば「現代歌人協会」は、1956年に設立された歌人の職能団体で、現在は法人化されています。会員になるには、現会員2名以上の推薦を受け、理事会の選考を経て総会の承認を得る必要があります。

そのほか、「日本歌人クラブ」は、日本最大の会員数を誇る短歌団体で、多くの短歌賞を主催しています。こちらは推薦がなくても広く会員を受け入れており、短歌を学びたい人や活動の幅を広げたい人にとっては、参加しやすい環境となっています。

かつては「日本短歌協会」という団体もありましたが、２０２０年に解散しており、現在はこの二つの団体が代表的な全国規模の短歌組織となっています。

短歌結社や短歌団体に入るかどうかは、短歌との向き合い方次第です。継続的に短歌を詠む環境が欲しい、指導を受けながら成長したい、仲間と切磋琢磨《せっさたくま》したい、という人には向いていると思います。一方で、自分のスタイルを自由に模索したい、あまり型にはまりたくない、という人には、ＳＮＳやオンライン歌会のほうが気軽に楽しめる場となるかもしれません。

歌会に行ってみよう！

短歌は一人で詠んで楽しむこともできますが、誰かに読んでもらい、意見を交わすことで新たな視点を得ることができます。その最たる場が「歌会」です。

歌会とは、参加者が短歌を持ち寄り、お互いに批評し合う場のこと。短歌の「読まれ方」を知り、自分では気づかなかった魅力や改善点を発見できる貴重な機会です。リアルでもオンラインでも開催されており、初心者からベテランまでさまざまな人が参加しています。

私も東京・荻窪《おぎくぼ》の「屋根裏バル　鱗kokera」というお店で定期的に開催されている橋本牧人《はしもとまきひと》さん主催の「金鱗《きんりん》歌会」に参加したことがあります。

この会は、オフラインの歌会で、参加したい人は主催者にメッセージを送るだけ。特別な紹介なども必要ありません。そのため、短歌に興味がある方なら誰でも気軽に参加できる場となっています。

もし、「いきなり参加するのはハードルが高い」と感じるなら、まずは見学だけしてみるのもおすすめです。

多くの歌会では、見学や選者としての参加も可能な場合が多いため、いきなり自作の短歌を披露することに抵抗がある方でも、無理なく雰囲気を知ることができます。

いろいろある！　短歌コミュニティの世界

「公募や短歌結社、歌会は、なんだか自分とは相性が悪そうだ」と感じた方も大丈夫！　公募以外にも、短歌を発表し、仲間と繋がる場は数々あります。さっそく見ていきましょう。

①ＳＮＳでの発信

短歌が投稿される場として、最も手軽で多くの人が利用しているのはX（旧Twitter）です。

テキスト主体のプラットフォームなので、短歌だけを投稿している人も多く、同じく短歌を詠む人との交流も盛《さか》んです。さらに、スペース機能を使えば、リアルタイムで歌会を開くことも可能です。

一方で、Instagramはフォト短歌と呼ばれるような形で、写真と歌を一緒に投稿する人が中心です。Xに比べると活動している短歌詠みは少なめですが、写真と組み合わせることで、視覚的に楽しめる短歌表現ができます。

②短歌投稿サイト

ＳＮＳ以外にも、短歌に特化した投稿サイトがあります。

一番おすすめなのは「うたの日」。このサイトは、毎日複数個のお題で短歌を募集しており、ユーザー同士で短歌を評価し合えるシステムが特徴です。サイトのデザインも見やすく、ここから有名になった歌人もいます。ＳＮＳとはまた違った形で、作品を読んでもらう機会を得られる場です。

③独自運営の短歌コンテスト

公募情報サイトには載っていない、個人や団体が主催する短歌コンテストもあります。公式な受賞式がなかったりするぶん、ＳＮＳやオンラインを活用した運営が多く、参加のハードルが低いのが特徴です。

たとえば、toron*さんが主催する「恋愛短歌同好会」では、恋愛をテーマにした短歌を募集しており、既発表作品の応募が可能なのが嬉しいポイント。固定の選者はtoron*さんで、それ以外の選者は毎回ゲストで変わるため、受賞傾向が予測しにくいのも面白さのひとつです。

また、宮城県のラジオ石巻《いしのまき》で放送されている短歌番組「たんたか短歌」も人気です。この番組は漢字一文字のお題をもとに短歌を詠む「テーマ詠《えい》」が特徴です。投稿はメールで受け付けており、気軽に参加できます。

「カクヨム短歌コンテスト」は、2023年から開催された短歌コンテスト。短歌1首ずつの応募のほか、まとまった数の短歌を連作として提出できる部門もありました。2025年の開催は未定ですが、気になる方は小説投稿サイトである「カクヨム」に登録しておくとよいでしょう。

④学校や大学の短歌活動

学生向けの短歌コミュニティとしては、文芸部や大学の短歌会・短歌サークルがあります。

中学・高校の文芸部は、学校によって短歌が盛んなところとそうでないところの差が大きいですが、もし自分の学校で短歌文化がなければ、ぜひパイオニアになってみてください。「短歌甲子園」はまだ参加校が少ないので、意外と挑戦しやすいかもしれません。独学でも実力を伸ばすことができるのが短歌の魅力です。先生を説得し、仲間を集めて「伝説の卒業生」になりましょう！

大学の短歌会や短歌サークルも、意外と多く存在します。大学生になって短歌を始めたい人や、仲間と交流しながら短歌を学びたい人にはおすすめです。

評価だけではなく、添削されることの重要性

短歌コミュニティに参加すると「批評」される機会が増えていきますが、もう

ひとつ実践してほしいのが「添削」を受けること。

批評は基本的に個々人の主義の範囲で良し悪しが判断されるものです。大会やコンテストの審査では批評はしてもらえますが、「どうすれば〝私の短歌〟としてもっと良くなるのか?」という答えは教えてくれません。最終的な評価の基準も、審査員や場の空気によって変わります。つまり、自分の考えていた形と全く違う形で改善案が提示されたりすることがあるのです。そうならないようにフラットな視点を意識するのが、批評をする上でもとても重要なのですが。

一方で、添削は、詠み手の意図を尊重しながら、その短歌をより良い形に整えていく作業です。言葉選び、リズム、視点の整理など、具体的なポイントを指摘しながら、あなたらしさを活かす形で「この表現をこうしたらもっと伝わるよ」とアドバイスをもらえます。たとえ題材そのものが優れていなくても、それを短歌として成り立たせる道を示してくれるのが添削の力です。

短歌は、自分の内面を表現するものですが、それだけでは終わりません。読者がいて、初めて「表現」として成立するのです。

たとえば、「この短歌は自分だけがわかればいい」と思っていると、それはただのメモと変わりません。でも、「この気持ちを誰かに伝えたい」「この情景を共有したい」と思って詠むことで、短歌はより豊かになり、共感を生むものへと育っていきます。

だからこそ、自分の短歌を誰かに添削してもらうことで、より伝わる表現を学び、自分の詠む短歌がどうすれば読者に届くのかを知ることができます。

また、添削や批評を受けると、自分では気づかなかったクセや改善点に気づくことができます。

たとえば、「この表現は説明しすぎているから、もう少し削ったほうが余韻も生まれる」とか、「この言葉の順番を変えたほうがリズムが良くなる」など、具体的な修正が加わることで、短歌がグッと引き締まるのです。

結果、自分だけがわかる自己満足の言葉ではなく、読者が共感できる短歌へと磨かれていくのです。

紙面上で実践！　おみその短歌添削講座

批評を受けたことはあっても、添削は受けたことがない。そんな方は案外少なくないものです。

私自身、僭越《せんえつ》ながらも、短歌好きの方々から時々添削を頼まれることがあります。そこで、今回は添削とは実際にどんなものかを感じてもらうため、「春」をテーマにした短歌をオンライン上で募集し、本書の中で添削させてもらいました。

応募総数はなんと約８００首！　本当に多くの方が応募してくださいました（ありがとうございます！）。どれも素敵な作品ばかりだったのですが、その中から厳選した5首をご紹介させていただきます。

なお、今回、取り上げた短歌はどれもすばらしいものばかりですが、添削ゆえ、少し厳しめの指摘を行っています。ご容赦ください。

春雨のいつもは鉢会《はちあ》う通学路スピードを落とし歩く火曜日

青トマトさん

春雨の情景が美しい一首です。ただ、「春雨」という季節を表す語と「火曜日」という曜日の二つの時間軸が混ざることで、読者が少し混乱してしまいます。ここは「火曜日」は思い切って割愛して、別の要素を入れ込みましょう。

また、「いつも鉢合わせる誰かに会いたくない」という状況はわかりますが、その理由について言及されていないので、こちらも読者にモヤモヤした印象を与えます。たとえば「毎朝会う同性の友達を意識し始めたことに気が付き、その人に会うのがぎこちなくなった」など、背景の解像度を上げると物語性が増していくはずですよ。

続いては、こんなおもしろいシチュエーションを詠った短歌をご紹介します。

怪獣がもうすぐやって来る街で君にようやく好きな季節を聞く

住木野さえさん

とてもユニークな発想の一首で、深く印象に残ります。ただ、私がこの作品を読んだとき、頭に浮かんだのが「相手に好きな季節を聞く前に、怪獣から逃げなくていいの？」という余計な疑問でした。

短歌は限られた音数の中で、読者に不要な疑問を抱かせないことが大切です。「怪獣がやって来る」という表現が少し遠回しなので、「ゴジラもうすぐそこまで来ているのに」など、具体的で切迫感のあるワードを入れると、もっと状況がわかりやすくなるはず。

また、「好きな季節を聞く」という状況を活かすなら、主体を「自分」にすると「なんでそのシチュエーションで質問するの？」という疑問が湧いてしまうので、「君」に置き換えてみるのもいいでしょう。「こんな状況でそんなことを聞く『君』って、変わった人だなぁ……！」という面白さが際立つかもしれません。

さて、続いての短歌も、とても素敵です。

君がいた春に名前を　悪役の猫に名前を　名前をつける

脇坂葉多さん

「名前を」というフレーズの繰り返しが効果的な、完成度の高い作品。ただ、「君がいた春」と並列になる「悪役の猫」という表現がやや曖昧です。こちらも、読者がすぐにイメージできるよう、もう少しパンチのある言葉に変えると、さらに輝く短歌になりそうです。

あと、一字空けについては、短歌のリズムを崩してしまうので、よっぽどの場合でない限りは使わないほうが無難。リズムを整えたいならば、「君がいた春に名前を、悪役の猫に名前を、名前をつける」と、読点にするほうが自然な流れが生まれます。

ひらがながかわいいからさ ずつうってかいちゃう あのひのあさのあまおと
あかまきがみさん

この作品、とてもすばらしい完成度だと思います！
ただ、「あのひのあさのあまおと」の部分が少し抽象的で、読者は想像がしづらいです（テーマである「春」との関連ももう少し出せるとよいかもしれません）。「きみのアパートできいたあのひのあまおと」などと具体化してから音数を削ると、情景がぐっと明確になるはず。

読者に状況を伝えるためにも、あかまきがみさんならではの描写に落とし込めると、より完成された短歌になると思います。
また、こちらも一字空けが気になるので、読点などで工夫したいところです。

散歩道ビタミンハルを摂取する「胸に良いです」「軽くなります」
鈴木すずめさん

この作品も「ビタミンハル」というパワーワードが光っています！　このままでも十分完成されていますが、下の句の「胸によいです」「軽くなります」は、やや想像しやすい効能過ぎる気もします。読者の予想を超えるような意外性のある表現を入れると、さらにインパクトのある歌になるかもしれません。

さて、ここまでは、私が気になった五首の添削をご紹介してきましたが、最後にひとつ、添削を受ける際に、大切なことをお伝えします。

私に限らず、誰かから短歌の添削を受けたとき、「なんでそんなことを言われなきゃいけないんだ!」とか「その指摘は私の意図するところではない!」と思うこともあるでしょう。

もし、そんな納得できない気持ちが生まれたら、ぜひその気持ちを大切にしてください。繰り返しになりますが、短歌は自由に詠むべきものであって、自分らしさを一番重視するべきだと私は思っています。

誰かに指摘されても「曲げたくない」と思えるなら、その気持ちは今後、ご自身が短歌を作る上での原点になるはずですよ!

コラム3　短歌が作れない！　スランプから抜け出すためにできること

短歌を詠む人に、一度は必ず訪れるスランプ。創作活動を続ける限り、避けて通れない道です。

完全に打破するのは難しいかもしれませんが、リハビリのように少しずつ言葉を取り戻していくことはできます。

大切なのは、自分を責めずに「今はそういう時期」と受け入れながら、短歌の感覚を取り戻すための環境を整えること。

スランプ中は、自分の中の言葉が枯れ果てたように感じられます。何を詠んでも「どこかで見た表現」に思えて、自信をなくすこともあるはず。しかし言葉は、なにも自分の中でばかり探さなくてもよいのです。外の世界からたくさん取り入れるのも時には大切です。私はこのプロセスを「言葉の外注」と呼んでいます。

短歌は必ずしもその瞬間に完成させる必要はありません。メモを取るだけでも、後に短歌として生まれ変わる可能性があります。「未来の自分へ贈る言葉」と考え、気軽に残しておくのもひとつの方法です。

そこで、私自身がスランプのときに試している具体的な方法を、いくつかご紹介します。

①言葉を外部から取り入れる

まずは、インプットの機会を増やしましょう。

たとえば、「Word Cascade」というサイトでは、画面の上から絶え間なく言葉が降ってきます。意味を考えず、ぼんやりと眺めるだけでも、ふとした言葉が心に引っかかることがあります。

また、コトバディアの「お題がポン」というサイトでは、「衝撃の事実をテーマに短歌を詠んでください」といったユニークなテーマがランダムに出てくるため、発想のきっかけを得やすくなります。

②SNSの短歌アカウントを活用する

ＳＮＳ上にある短歌ｂｏｔや言葉にまつわるアカウントを眺めるのも、良い刺激になります。

「あたらしい短歌ｂｏｔ」では現代短歌を紹介しており、「ひとひら言葉帳」では印象的なフレーズを読むことができます。また、「眠れない羊たちの短歌ｂｏｔ」など、テーマごとに短歌を集めたアカウントもあり、自分の感覚を呼び覚ます助けになるかもしれません。

言葉を浴びることで、自然とインプットが進み、アウトプットしたい欲求が生まれてくるはずです。

③歌会に参加する

少し気持ちが回復してきたタイミングならば、歌会に参加するのも有効です。正式な結社に入る必要はなく、友人同士やＳＮＳ上のつながりでオンライン歌会を開いてみるのもよいでしょう。

歌会を開催する場合、ポイントは、各自がひとりで考えて提出する形式ではなく、「完成した人から発表していく」形にすること。他の人の短歌に刺激を受けることで、新たな言葉や情景が浮かぶことがあります。

④歌集を読む

これはハイリスク・ハイリターンの方法です。良い刺激になる一方で、短歌の個性が強すぎる歌集を読むと、自信を失うこともあります。また、自分とは全く合わない作風の歌人の作品を読むと、モチベーションが下がることもあります。選ぶ際は、自分の好みに合うものや、過度に奇抜《きばつ》ではない歌集を手に取るとよいでしょう。

⑤一度短歌から離れてみる

短歌を詠む人の多くは繊細《せんさい》な感受性を持っています。他人の短歌を読んで落ち込んだり、自信をなくしたりすることもあるでしょう。

そんなときは、一度短歌から距離を取るのも大切です。

私自身、スランプだった時期に、歌人の木下龍也《きのしたたつや》さんの「辛くなったら短歌を離れてもいい」「あなたが短歌を離れても、短歌があなたを離れることはない」という言葉に触れて、短歌から離れたことがあります。

この言葉に、どれだけ救われたかわかりません。

スランプは、短歌を詠み続ける限り、何度でも訪れるものです。でも、それを乗り越えるたびに、新しい表現が生まれ、自分の言葉が深まっていきます。焦らず、時には短歌から距離を取りながら、自分のペースで言葉と向き合っていってほしいと思います。

Lesson 4

現代短歌を知ろう！
おすすめ歌人とおすすめ本

現代短歌には、大きく分けて2種類ある

短歌は、長い歴史を持つ日本の伝統的な詩の形式ですが、その表現は時代とともに変化してきました。特に、近代短歌と現代短歌では、詠まれるテーマやスタイルに大きな違いがあります。

近代短歌は、明治時代以降に確立された短歌の形式で、与謝野鉄幹《よさのてっかん》や斎藤茂吉《さいとうもきち》などの歌人によって文語体が主流となりました。テーマも、恋愛や自然、人生哲学などが中心で、美しく格調高い表現が求められました。

一方、現代短歌は、より自由な形式を持ち、日常的な言葉を使いながら、個人の感情や社会の動きをダイレクトに表現する特徴があります。

現代短歌には、大きく分けて「日常を詠む短歌」と「社会問題を扱う社会詠《えい》」の二つの流れがあります。

日常を詠む短歌は、生活の中で感じたことや小さな幸せを繊細に表現するもの

です。俵万智さんの『サラダ記念日』（河出文庫）のように、シンプルな言葉で共感を呼ぶ短歌が代表的です。一方、社会詠は、時事問題や社会の風潮を短歌という形で捉えるもので、従来は硬派なテーマを扱うことが多かったのですが、近年ではよりポップな視点から社会を見つめる短歌も増えています。

たとえば、俵万智さんが「マルハラ」現象をテーマに詠んだ短歌があります。

優しさにひとつ気がつく×でなく○で必ず終わる日本語

『アボカドの種』（KADOKAWA）

これは、LINEやメールで文末に「。」（句点）をつけると冷たく感じるという若者の感覚をテーマにした歌です。「マルハラ（丸ハラスメント）」という言葉が話題になった際に、俵さんがこの短歌をX（旧Twitter）に投稿し、大きな反響を呼びました。

「〇で必ず終わる日本語」というフレーズが、日本語の特徴を優しく見つめ直している点が印象的です。このように、時代の流れを捉えた短歌は、より親しみやすく変化し、広い層に受け入れられるようになっています。

リズムから見る、現代短歌の自由な表現

現代短歌の特徴のひとつとして、リズムの自由さがあります。短歌の基本形は「五・七・五・七・七」の31音ですが、現代短歌ではこのリズムをあえて崩すことで、独自の表現を生み出す手法がよく使われます。

短歌における音数の変化には、「字余り」「字足らず」「句またがり」といった技法があります。「字余り」は31音より多くなること、「字足らず」は少なくなること、「句またがり」は五・七・五・七・七の定型を意識的に崩して詠むものです。

たとえば、歌人の石井《いしい》僚一《りょういち》さんの短歌には、従来の短歌の枠を超えた大胆な

表現が見られます。

生きているだけで三万五千ポイント！！！！！！！！！！
笑うと倍！！！！！！！！！！

『死ぬほど好きだから死なねーよ』（短歌研究社）

この短歌は、五・七・五・七・七の定型を大きく逸脱していますが、詠む人のリズムの中で自然に音が収まることで短歌として成立しています。感嘆符の連続が、力強いメッセージ性を生み出し、まるで叫ぶような勢いが短歌に新たな表現をもたらしています。

また、定型を守ることで逆に意味を強調する短歌もあります。

幸せにならなきゃだめだ誰一人残すことなく省くことなく
『ハッピー・アイスクリーム』（集英社文庫）

加藤千恵《かとうちえ》さんのこの短歌は、あえてぴったり31音に収めることで、形式そのものに「誰一人もれなく幸せにならなければならない」という意志を込めています。自由な表現が増えたからこそ、定型の持つ力も再認識されているのです。

現代短歌は、ＳＮＳの普及によってより身近なものになりました。誰もが自由に短歌を詠み、発信できる時代になり、短歌の表現もより多様になっています。たとえば、穂村弘《ほむらひろし》さんの短歌には、日常からほんの少し逸脱した、不思議な世界観が広がっています。

体温計くわえて窓に額《ひたい》つけ「ゆひら」とさわぐ雪のことかよ

『シンジケート』（講談社）

この短歌では、「ゆひら」という造語のような響きが印象的です。雪を見て感じた何かを、既存の言葉ではなく、自分の感覚で表現することで、短歌の新しい可能性を提示しています。

現代短歌は、もはやひとつの流派やスタイルに収まるものではなく、詠む人ごとにまったく異なる表現が生まれる時代になっています。短歌の枠組みを塗り替え、新しい形を模索することで、その可能性はますます広がっています。

短歌は時代とともに変化し続けるものです。今この瞬間にも、新しい短歌が生まれ、新しい表現が生まれています。もしかすると、次に短歌の歴史を変えるのは、今この本を読んでいるあなたかもしれません。

読むことで詠む力を育てる！　短歌を学ぶ上でおすすめの本

短歌を始めたばかりの方によく聞かれるのが、「短歌の本って読んだほうがいいんですか？」という質問です。答えは、もちろん「ＹＥＳ」。

なぜなら、短歌は言葉の芸術です。どんなにルールを学んでも、実際に優れた短歌を読まなければ、その感覚を摑むことはできません。サッカーのルールを暗記しただけでは試合ができないのと同じで、短歌も「実例」を知ることが大切なのです。

短歌を読むことには、二つの大きな意味があります。

ひとつは「自分の好きな短歌を見つけること」、もうひとつは「短歌を深く解釈する力を身につけること」です。

どんな短歌に惹《ひ》かれるのかを知ることで、自分がどんな短歌を詠みたいのかが見えてくるはず。また、短歌をじっくり読み込むことで、その背景や技法に気づき、自分の詠む力を向上させることができます。

とはいえ、短歌の本といってもさまざまな種類があります。ここでは、初心者の方にもおすすめできる本を厳選してご紹介します。

①短歌の詠み方を学ぶ本

短歌を始めるにあたって、まずは「詠み方」を知りたいという方も多いでしょう。そんな方におすすめなのが、短歌をわかりやすく解説してくれるテキスト系の本です。

『天才による凡人のための短歌教室』著：木下龍也《きのしたたつや》／ナナロク社

木下龍也さんは、現代短歌を代表する歌人のひとり。短歌初心者にも優しく、ユーモアたっぷりに短歌の作り方を教えてくれる一冊です。ルールを押しつけるのではなく、「こう考えたら短歌がもっと楽しくなるよ」と導いてくれるので、楽しく学びたい方におすすめです。

『かんたん短歌の作り方』著：枡野浩一《ますのこういち》／ちくま文庫

枡野浩一さんは、「かんたん短歌」というスタイルを確立した歌人。シンプルな言葉で短歌を詠むコツを伝授してくれます。枡野さん特有の軽快な語り口でスイスイ読めますが、内容はしっかりと実践的。何度も読み返したくなる本です。

『短歌の詰め合わせ』著：東直子《ひがしなおこ》、イラスト：若井麻奈美《わかいまなみ》／アリス館

東さんの『短歌の詰め合わせ』は、とにかく可愛《かわい》らしい一冊です。どこが可愛いのかは、ぜひ実際に手に取って確かめてみてください。短歌の世界に初めて触れる人でもすんなり入っていけるよう、工夫が凝らされていて、まるで短歌を始めたばかりの頃のワクワクした気持ちを、そのまま本に閉じ込めたような新鮮な一冊です。

さらに、イラストがとても魅力的で、視覚的にも楽しめるのが嬉しいポイント。短歌をもっと身近に感じたい、気軽に楽しみたいという方にぴったりです。

『はじめての短歌』著：穂村弘《ほむらひろし》／河出文庫

穂村弘さんは、短歌の世界を広げた歌人の一人。この本では、短歌の基本から応用までを網羅《もうら》しつつ、短歌を「言葉遊び」として楽しむ感覚を教えてくれます。ちょっと真面目な内容ですが、「短歌って面白い！」と感じさせてくれる名著です。

②短歌を読む楽しみを知る本（歌集）

短歌の詠み方を学ぶだけでなく、優れた短歌を読むことも大切です。ここでは、初心者でも読みやすく、短歌の魅力を感じられる歌集を紹介します。

『サラダ記念日』著：俵万智《たわらまち》／河出文庫

日本で最も有名な短歌集と言っても過言ではありません。俵万智さんは、口語短歌を広めた歌人で、日常の何気ない瞬間を鮮やかに切り取る天才です。短歌の入り口として、まず読んでおきたい一冊です。

『ハッピーアイスクリーム』著：加藤千恵《かとうちえ》／集英社文庫

加藤千恵さんの短歌は、まるで心の中のひとりごとがこぼれ落ちたような軽やかさがあります。日常に寄り添う短歌が多く、読みやすさ抜群。高校生の頃に出版されたデビュー作で、短歌の自由さを存分に感じられます。

『えーえんとくちから』著：笹井宏之《ささいひろゆき》／ちくま文庫

笹井宏之さんは、26歳で亡くなった夭折《ようせつ》の歌人。その短歌は、優しく、ユーモラスで、読むたびに新しい発見があります。短歌の世界の奥深さを感じたい方にぜひ読んでほしい一冊です。

『玄関の覗き穴から差してくる光のように生まれたはずだ』著：木下龍也・岡野《おかの》大嗣《だいじ》／ナナロク社

この歌集は、歌人の木下龍也さんと岡野大嗣さんという二人の若手歌人の共作で、物語のように読める短歌集です。この二人が、男子高校生になりきって交換日記のように短歌を交わす、というユニークな設定になっています。

ストーリー仕立てになっているので、短歌初心者でもグッと入り込みやすいのが特徴です。一首一首の独立した短歌を楽しむだけでなく、短歌が連《つら》なって物語を形作っていく流れを味わうこともできます。

また、木下さんと岡野さんは、現代短歌を代表する人気歌人でもあります。この二人の短歌が一度に楽しめる、まさに贅沢《ぜいたく》な一冊です。２０１７年の刊行以来、話題になったヒット作でもあり、短歌の入り口としてもおすすめできます。

③いろんなスタイルの短歌を知る（歌集）

『桜前線開架宣言』著&編：山田航《やまだわたる》／左右社

40人の現代歌人による短歌アンソロジー。さまざまな歌風が一度に楽しめるので、「どんな短歌が好きかまだ分からない」という方にぴったり。現代短歌の最前線を知ることができます。

『現代短歌パスポート』書肆侃侃房

10人の現代歌人による合同歌集です。こちらも多様なスタイルの短歌が集まっているので、自分の好きな歌風を見つけやすいのがポイント。

「短歌を読んでみたいけど、どの歌人が自分に合うかわからない」という方にぴったりです。一首単位で読んで「この人の短歌、いいな」と思えたら、その歌人の個別の歌集を探してみるのも良いでしょう。

『ドラえもん短歌』編：枡野浩一／小学館文庫

短歌はプロの歌人だけのものではありません。一般の方から募った短歌を集めたのが『ドラえもん短歌』です。テーマが「ドラえもん」なので、親しみやすく、短歌のリズムや表現の多様性を楽しめます。

短歌を作るときに「どんな言葉を使えばいいかわからない」と悩む方も多くいらっしゃいますが、この本を読むと、身近な言葉でも短歌は作れるんだと実感できるはずです。

『短歌ください』著・穂村弘／角川文庫

雑誌『ダ・ヴィンチ』の連載から生まれた企画本です。こちらも一般の方が投稿した短歌を、歌人の穂村弘さんが選び、解説しています。

穂村さんの解説がユーモラスで、短歌初心者にも優しいのが特徴です。「短歌ってこんなに自由なんだ！」と感じられる一冊です。

『うたらば』

歌人・コピーライター・映像作家の田中ましろさんが運営する短歌のフリーペーパーです。フォト短歌なども掲載されており、視覚的にも楽しめる媒体です。無料で読めるので、まずはここからというのにもうってつけ。

④活字が苦手な方におすすめの短歌本

『とれたての短歌です。』著：俵万智、写真：浅井慎平《あさいしんぺい》／KADOKAWA

短歌と写真を組み合わせた「フォト短歌」の本。短歌に写真がつくことで、より直感的に楽しめます。視覚的に短歌を感じたい方にぴったり。

歌集は、ただ短歌を集めたものではなく、ひとつの作品集としての側面も持っています。特に、作者本人が並べた短歌集は、流れや構成を意識しているため、一冊を通して読むことで、より深くその歌人の作品世界を味わえます。まずは気軽に読んで、自分にぴったりの短歌を探してみてください！

必ず触れてほしい歌人の二大巨頭・俵万智さんと桝野浩一さん

日本には数多くの歌人がいます。その中で、「誰の歌を読んだらいいのか」と迷ってしまう方もいるでしょう。そこで、ここからは、私が独断と偏見で選んだ「一度は読んでみてほしい歌人さん」をご紹介していきます！

まずは、短歌をやる人ならば必ず触れてほしいのが、次の二人の歌人さんです。

・短歌をやる人ならば避けて通れない存在・俵万智さん

本書でも何度もご紹介している俵万智さん。短歌を少しでもかじったことがある人なら、一度はその名を聞いたことがあるはず。いや、むしろ短歌を知らなくても「この味がいいね」と口ずさむ声を耳にしたことがあるかもしれません。それこそが俵万智さん、そして彼女の短歌のすごさを証明するものです。

俵万智さんは、単なる「人気歌人」ではありません。彼女の短歌は、短歌の世界を変え、広げ、新しい可能性を切り拓《ひら》いてきました。現代短歌の「扉」を開いた存在と言っても過言ではありません。

「スペインに行こうよ」風の坂道を駆けながら言う行こうと思う

『サラダ記念日』（河出文庫）

この短歌を読んだとき、ふっと風が吹いたような気がしませんか？

彼女の短歌は、総合芸術だとつくづく思います。ただ言葉を並べるのではなく、流れるような文体で情景が生き生きと呼吸し、読者をその瞬間に連れていく。「スペインに行こうよ」という軽やかな呼びかけが、「風の坂道」と響き合い、

「駆けながら」のとおり日本語が駆け出します。読む者の心までふわりと軽くさせるその巧みさに、もうため息しか出ません。

「短歌をやるなら、まず俵万智を読め」と私は言いたいです。現代口語短歌の門《もん》戸《こ》を開いた人でありながら、今もなお、新しい短歌を詠み続けている。そんな歌人はなかなかいません。

シンプルな言葉で、読んだ人の心にすっと入り込み、でも読み返すたびに違った表情を見せてくれる。そんな短歌を詠める人は、唯一無二の存在です。

・短歌の可能性を追求し続ける歌人・枡野浩一さん

短歌の世界には、「歌壇《かだん》」というものがあります。これは、いわば短歌界の「芸能界」のようなもの。そこには伝統や格式があり、結社や師弟関係が深く根を張っています。しかし、その歌壇からまっさきに「おおっぴらに」脱線した人こそ、枡野浩一さんです。

彼は短歌の賞を受賞してデビューしたわけでもなく、師匠と呼べる人がいるわけでもなく、結社に所属していたわけでもありません。ただ、自然に言葉が「五七五七七」のリズムになっただけ。そんな異色の歌人が、短歌の世界に風穴を開けました。

特に、枡野さんが広めた「かんたん短歌」というスタイルは、短歌を特別なものから「誰でも作れるもの」に変えました。短歌は伝統的な美意識や技巧を重視する傾向があり、ある種の「知的な遊び」としての側面が強かったのですが、枡野さんはそこに「生活の言葉」を持ち込んだのです。

毎日のように手紙は来るけれどあなた以外の人からである

この歌は、枡野さんの歌集のタイトルにもなっています（『毎日のように手紙は来るけれどあなた以外の人からである 枡野浩一全短歌集』左右社）。

そんな彼のエッセイをまとめた『淋《さび》しいのはお前だけじゃな』（晶文社）は、短歌を理解する上でとてもいい教材だと私は思っています。なぜなら、そこに書かれているのは「解説」ではなく、「ヒント」だから。短歌の答えを押し付けるのではなく、そこに至るまでの道筋を示してくれるのです。それをどう受け取るかは、読者次第。だからこそ、読むたびに発見がある。短歌って、こういう楽しみ方ができるのかと気づかせてくれる本です。

短歌に興味はあるけど、ハードルが高いと感じる人には、枡野さんの小説『ショートソング』（集英社文庫）もおすすめです。これは、青春と短歌が交錯する物語。短歌を文学としてではなく、もっと身近なものとして感じさせてくれる一冊です。

また、枡野さんは前述した『ドラえもん短歌』や『てのりくじら』（実業之日本社）のように、短歌を身近な明るさで取り入れた本も数多く出版されています。短歌を学ぶというより、短歌に「触れる」ことができる本。こうしたアプローチも、短歌を楽しむ入り口として素晴らしいと思います。

独断と偏見で選ぶ！　現代短歌の旗手たち7人

短歌の世界には、さまざまなスタイルを持つ歌人がいます。そのなかでも、私が敬愛する7人の歌人をご紹介します。彼らの短歌には、それぞれ異なる魅力が詰まっており、読めば読むほど奥深い世界へと引き込まれてしまいます。

・次世代を担う短歌の申し子・木下龍也さん

木下龍也さんは、1988年生まれの山口県出身の歌人です。短歌の可能性を広げる革新的な作品を数多く生み出し、現代短歌の第一線で活躍しています。2013年に第一歌集『つむじ風、ここにあります』を刊行し、その後も『きみを嫌いな奴《やつ》はクズだよ』（いずれも書肆侃侃房）や『天才による凡人のための短歌教室』など、短歌を広く普及させる活動を展開しています。

その特徴は、洗練されたシンプルさと、無駄のない言葉選び。詩的な表現を選びとる感覚が非常に鋭い。彼の短歌は、まるで美しい数式のように精巧に組み立てられています。

鎮火してもらうつもりでくちづけを求めたけれど、けれど、全焼

『オールアラウンドユー』（ナナロク社）

「あなたがいないとダメ」「今すぐ抱きしめて」といった相手を求めるための表現は色々あります。

そんななか、木下さんは「鎮火」という言葉を通じて、恋の想いを鮮烈に印象付けています。しかし、その燃え上がる恋は、「全焼」。その一言が、その恋の行方を巧みに示唆《しさ》しています。この非常にドラマチックなニュアンスに、誰しも心

が揺り動かされてしまうはず。

心電図の波の終わりにぼくが見る海がきれいでありますように
『玄関の覗き穴から差してくる光のように生まれたはずだ』（ナナロク社）

心臓の拍動を波形で記録する心電図モニターは、命が尽きた瞬間に、ピーという警報音とともに人の死を明確に宣告する存在です。

そんなどこか無機質で冷たいイメージを抱かれがちな心電図の波打つ鼓動を、希代の天才歌人は「海」の景として描き出しました。たった31音の中で、呼吸のように絶えず波が打ち寄せる渚《なぎさ》から、穏やかな凪《なぎ》といった情景へと切り替える手腕が見事です。木下さんが抱く、臨終に対する安らかな眼差しを感じさせてくれます。

・直球の情熱と鋭い感性が光る石井僚一さん

石井僚一さんは、１９８９年の北海道生まれの歌人で、その作品を読んだ後、「とてもポジティブなことを変顔で言っているような明るさ」が余韻として残ります。代表歌集『死ぬほど好きだから死なねーよ』にも、そんな独特の世界観が広がっています。

手を振ればお別れだからめっちゃ振る死ぬほど好きだから死なねえよ

『死ぬほど好きだから死なねーよ』（短歌研究社）

石井さんの作品の特徴は、日々に対する絶望に向き合いながらも、「どうか前向きに生きてほしい」という読者に対するメッセージが感じられる点です。事実、私自身も、石井さんの歌を読むたびに、前向きに生きるヒントをもらったような気持ちになれます。

・国境を越えて活躍する次世代歌人 カン・ハンナさん

カン・ハンナさんは1981年生まれ、韓国出身の歌人で、日本語と韓国語の二言語で短歌を詠む独自のスタイルを持っています。言語の違いが持つ感覚のズレを作品に昇華《しょうか》し、国境を越えた表現を模索《もさく》しています。日本でも、第一歌集『歌集　まだまだです』を発表。歌人以外にも、研究者や起業家としても活動しており、その多才ぶりにも注目です。

日本語の「行けたら行く」は「待たないで」の意味だったのか飴をなめつつ

『歌集　まだまだです』(KADOKAWA)

言葉の持つニュアンスの違いが、文化の違いを浮かび上がらせる作品です。まさにこの感性は異文化という立場から、日本を見ているからこそ、書けるものだと感じます。

主人公性のない等身大の明暗　平出奔《ひらいでほん》さん

１９９６年生まれの歌人である平出奔さんの世界観は、たとえるならば星空のようです。悲しみや絶望がちりばめられた真っ暗な空間で、一筋の光のような希望を飾り立てずに描くからこそ、多くの人の心の中にすっとしみ込んでくるのだと思います。

たまに描く絵が好きだったと見に行ってだったは要らないよなと思った

『了解』（短歌研究社）

すべての物事を、変わらぬまま好きでいられる人間などいないはず。でも、この歌では、過去に好きだったものに対して、「だった」と過去形を用いたことを後悔する、そんな優しいまなざしが描かれます。

同じ経験したことのない人には伝わらないかもしれませんが、経験した人ならば強い情動を感じ取ることができる。そんな不思議な作品です。

・シンプルながら、新しい表現を常に追求する岡野大嗣さん

岡野大嗣さんは、日常がほのかに屈折したような、独特の感性が込められた象徴的な短歌を詠むことで知られる１９８０年生まれの歌人です。２０１１年に短歌を本格的に始め、２０１５年には第一歌集『サイレンと犀《サイ》』を刊行。以降も『たやすみなさい』（書肆侃侃房）や『うれしい近況』（太田出版）など、独自の雰囲気を確立した短歌集を多数発表し、短歌の世界で確固たる地位を築いています。

岡野さんの短歌は、日常のさりげない瞬間をすくい上げつつ、そこに彼ならではの言葉遣いを加えることで、新鮮な印象を与えます。短歌の伝統的なリズムに見たことのない表現が宿る様子は楽しく、特に若い世代から熱烈な支持を受けています。

そうだとは知らずに乗った地下鉄が外へ出てゆく瞬間がすき

『サイレンと犀』（書肆侃侃房）

シンプルな言葉で綴《つづ》られたこの一首は、日常に対する視点の置き方自体の魅力もさることながら、意図的に見えない程度に練り込まれた言葉の選択と語順が素敵な一首です。

・胸のざらつきや揺らぎを見逃さず描写する西村曜《にしむらあきら》さん

西村曜さんは、1990年滋賀県生まれの歌人です。ささやかなエラーを拾い上げ織り込まれた短歌は、さりげない言葉の中に大きな余韻を残します。2015年に短歌を始め、『コンビニに生まれかわってしまっても』などの歌集を発表しています。

きみのこともっとしにたい　青空の青そのものが神さまの誤字

非正規とバイトの恋は非正規がバイトのぶんを多く支払う

『コンビニに生まれかわってしまっても』（書肆侃侃房）

見落としてきた人生の欠片《かけら》を揺り起こすような31音は、世界に向ける私たちのまなざしさえ動かすのです。

・青春のきらめきを短歌に託す近江瞬《おおみしゅん》さん

近江瞬さんは、青春の光と影を鮮やかに描き出す１９８９年宮城県石巻市生まれ・在住の歌人さんです。歌集『飛び散れ、水たち』をはじめ、独自の視点で切り取った歌の数々は、まるでどれも映画のワンシーンのようです。

僕たちは世界を盗み合うように互いの眼鏡をかけて笑った

『飛び散れ、水たち』（左右社）

視点の交換を通じて、鮮やかな色合いの関係性を描く見事な一首です。近江さんの短歌には、甘酸《あまず》っぱい恋や友情のきらめきだけでなく、人生の儚《はかな》さや切なさを感じさせる作品も多く、読むたびに異なる感情を引き出してくれる魅力があります。

いかがでしたか？　それぞれの歌人の個性が光る短歌。ぜひ、手に取って読んでみてくださいね。

挿元おみそ／短歌のおみそちゃん

2003年生まれ。東京都出身。

14歳で短歌を始め、初めての短歌展である『かつて愛した言葉展』の開催と同時期に、これまでにない形で短歌を盛り上げようと、SNSで「1分で短歌解説」の発信を始める。

今まで短歌に触れたことのない人に向けて、現代口語短歌がいかに楽しいかを説き、短歌の世界の裾野を広げるために日々精力的に活動している。

装幀　田中久子
装画　牛久保雅美
構成　藤村はるな
DTP制作　生田敦

「詠《よ》む」からはじめる ときめく短歌入門《たんかにゅうもん》

発行日　2025年4月12日　初版第1刷発行

著　者　挿元《さしもと》おみそ
発行者　秋尾弘史
発行所　株式会社　扶桑社
〒105-8070
東京都港区海岸1-2-20　汐留ビルディング
電話　03-5843-8842（編集）
03-5843-8143（メールセンター）
www.fusosha.co.jp

印刷・製本　タイヘイ株式会社メディアプロダクツ事業部

Printed in Japan ISBN 978-4-594-10020-9